AtV

Detlev Meyer wurde 1950 in Berlin geboren, studierte Bibliotheks- und Informationswissenschaften in Berlin und Cleveland, war Bibliothekar in Toronto, Entwicklungshelfer in Jamaika. Er lebte als freier Journalist und Autor in Berlin, wo er 1999 starb. Meyer war PEN-Mitglied und erhielt zahlreiche Literaturstipendien.

2001 erschien bei AtV Meyers »Biographie der Bestürzung« unter dem Titel »Im Dampfbad greift nach mir ein Engel«, und im selben Jahr wurde postum der Roman »Das Sonnenkind« im Aufbau-Verlag veröffentlicht.

»Nur einen Sommer gönnt, ihr Gewaltigen, mir ...« – Bei Hölderlin, Rilke oder George findet der Berliner Gymnasiast Detlev Dorn die richtigen, die großen Worte. Die Verse der Dichter sind gerade erhaben genug, um sie an Erik Wegner zu richten, Dorns Klassenkameraden, in den dieser unsterblich verliebt ist. In Briefen und Gedichten schüttet der Siebzehnjährige seinem Schwarm das Herz aus, das voll von jugendlichem Weltschmerz und Dünkel, voll von Poesie, Liebe und Affekten aller Art ist. So entsteht Brief für Brief ein ungemein komischer und zugleich rührender Bildungsroman – die Leiden des jungen D. in den späten 60er Jahren. Doch anders als bei Goethe findet die unerwiderte Liebe kein tragisches Ende. Vielmehr wandelt sich der entrückte Lyrikadept im Laufe eines Sommers zu einem Fan vom »geilen« Mick Jagger, und parallel dazu wendet er sich vom unerreichbaren Erik ab und erlebt mit dem fünfzehnjährigen Kevin seine erste richtige Liebesnacht. »Endlich!«

»Dem Autor ist ein ganz und gar unlarmoyanter, leichthändiger Roman gelungen, der voller sanftem Humor steckt und ein Sittenbild des Deutschlands der späten 50er Jahre so persönlich und alltäglich zugleich zeichnet, wie es schon lange keinem mehr gelungen ist.«

Frankfurter Rundschau über *Das Sonnenkind*

Detlev Meyer

In meiner Seele ist schon Herbst

Eine Gymnasiastenliebe

Roman

Aufbau Taschenbuch Verlag

ISBN 3-7466-1883-5

1. Auflage 2002

Umschlaggestaltung Preuße & Hülpüsch Grafik-Design
unter Verwendung eines Fotos
von Robert Holland, The Image Bank
Druck Elsnerdruck GmbH, Berlin
Printed in Germany

www.aufbau-taschenbuch.de

Für Dich und John

»Nun wachs ich mit dir rückwärts in die Jahre
Vertrauter dir in heimlicherem Bund.«

Stefan George

Vorrede

Es mokiere sich bitte niemand über die Tatsache, daß ich, ein siebzehnjähriger Oberschüler, mich verpflichtet sehe, die Geschichte meines Sommers aufzuzeichnen, um sie nun, am letzten Tag der großen Ferien, einer geneigten Öffentlichkeit anzutragen.

Mein Sommer war nicht nur sehr groß (im Rilkeschen Sinne), er war auch großartig! Viel ist im letzten halben Jahr passiert. Ich war der schwärmend Liebende, der verzweifelt Begehrende, der kaltherzig Abgewiesene, der hündisch Gedemütigte. Und reifte endlich zum gnadenlosen Triumphator, zum betörenden Sieger!

Ich scheue mich nicht, zu behaupten, daß meine Entwicklung Züge eines Lehrstücks trägt, welches den jungen Menschen dieses Landes durchaus von großem Nutzen sein wird. Nun sollen mir keineswegs alle Teenager gläubig nachfolgen, aber von meinem steinigen Weg aus der Düsternis zu den lichten Gefilden zu lesen wird sie ermutigen und stärken.

Es heißt, die Zeit vergehe wie im Fluge, was leider auch für Menschen gilt. Hätte ich nicht meine Gedichte und Briefe, würde ich mich vielleicht eines fernen Tages nicht mehr des keuschen Träumers erinnern, der ich noch im Frühling war, nicht des sexsüchtigen Realisten, den der Sommer staunend erlebte.

Ich begehre nichts anderes, als ein Dokument der Wahrhaftigkeit vorzulegen, dem ich – in Abwandlung eines Hölderlin-Wortes – gern die Liebe der Jugend verspräche.

Detlev Dorn, Gymnasiast zu Berlin
Im August des Jahres 1966

Lieber Erik,
was sind wir? Sind wir Klassenkameraden, Freunde oder – seit dem heutigen Abend am Kleist-Grab – Geliebte? Erschreckt Dich dieses große Wort? Das muß es nicht, wir sind Geliebte wie Demian und Sinclair, Narziß und Goldmund, sind Geliebte, wie es die Schüler aus dem »Frühlings Erwachen« sind. (Vielleicht ohne die Körperlichkeit?!) Freund wurdest Du mir auf unserer Klassenfahrt nach Paris, auf unseren Spaziergängen am Ufer der nächtlichen Seine. Da erkannte ich in Dir den Bruder. Du liebst dieselben Dichter und Komponisten, die meine Welt ausmachen, und in dieser Welt ist mir niemand kostbarer als Du. Ich vertraue Dir ganz – und ich liebe Dich ganz!

Laß uns das Versprechen, das wir uns am Wannsee gegeben haben, einhalten, laß uns jeden Tag einen Brief schreiben. Wir dürfen unsere Liebe nicht bereden, wir müssen sie bedichten.

Logisch faßbar ist unser Verhältnis nicht! Es gleicht einer glitzernden Wasseroberfläche, einem Regenbogen mit all seinen gaukelnden Farben. Es ist eine Melodie, deren Noten nirgends aufgezeichnet sind, es ist ein Gedicht, dessen Worte niemand je schrieb!

Es ist nichts, weil es alles ist: ein Hauch, ein Sehnen, Träne und Lachen.

Es ist das, was in uns klingt, was die Seele schwingen läßt und den Geist erquickt. Ein Blick, ein Händedruck, ein Wort, erstorben auf offenen Lippen, wohl aber vernommen, verstanden.

Ein Sichbegegnen woanders, ein Treffen im Nirgend. Unsere Zukunft ist gestern, und unser Gestern liegt im Morgen.

Zeit gilt nicht mehr. Heute beginne ich zu leben!

Mein Maximin, ich fiebere dem morgigen Tag entgegen – Deinem Brief!

Ich küsse Deinen schönen Nacken

Weihe

In eines scheuen Lächelns Schenken
Verstumme ich erfüllt.
Es steigt aus dunkler Nebel Senken
Ein Dämmern, das mich licht enthüllt.

Nun bin ich reif zum hohen Fest
Und reife zum Erwählen.
Ich steige leicht wie aus dem Nest
Mit Flügeln, die nicht fehlen.

Das Winken einer schlanken Hand
Wird einen Weg mir weisen.
Das Ziel ist mir noch unbekannt,

Doch werde ich es preisen.
Ich fordre dieses Lächeln dir –
Das Reichen deiner Hand.

Mein schöner Maximin,
ich habe ihn wohl schon zum hundertsten Mal gelesen, Deinen Brief, der so schön ist wie eine seltene exotische Blume, der mich berauscht wie schwerer Wein.

Ich stelle mir beim Lesen vor, Du beugtest Dich zu meinem Ohr, ich höre Dich zärtlich flüstern und glaube, Deinen warmen Atem zu spüren, und daß Du manchmal ganz sacht Deine Lippen auf meine Wange legst, und dann schmecke ich den Champagner, den Du gestern nacht getrunken hast.

Keine Zeilen vermochten je mich so zu berühren wie Deine heimliche Botschaft, verborgen in einem Buch, höflich und kühl überreicht in einem kärglichen Klassenzimmer. Nach Schulschluß habe ich mich im Park auf eine Bank gesetzt und mit zitternden Händen und pochendem Herzen den Umschlag aufgerissen. Ach, wär ich doch vergangen vor Glück und Liebe …

Wie schön Du warst unten am Wannsee, am Grabe Heinrich von Kleists, als Dein schlanker Körper sich an einen Baum schmiegte. Ich hätte zu Dir gehen mögen und meinen Arm um Dich legen wollen, doch ich konnte nicht laufen. Und ich hätte Dir gestehen mögen, daß ich Dich liebe, doch ich konnte nicht sprechen. Meine Liebe hat mich dem Irdischen entrissen, sie hat mich in einen gefährlichen Sumpf gezogen und ließ mich in einen schrecklichen Abgrund stürzen.

Kannst Du meine Seelenqualen ermessen?

Nach unserem Besuch am Grab habe ich, als ich meinen ersten Brief an Dich schrieb, kaum die Feder halten können. Ich mußte diesen Brief als Schularbeit tarnen, da mein Bruder mehrmals von seinem Schachtisch aufstand, um im Zimmer auf und ab zu gehen und mir neugierig über die Schulter zu schauen.

Wär ich doch in dem Land gewesen, von dem Du mir schreibst, dort, wo die Goldorangen glühn, dann hätte ich einen Brief verfassen können, der Deiner und meiner würdig gewesen wäre.

Du fragst, wie ich mir unseren zukünftigen Weg vorstelle. Dies ist meine Antwort:

> Gib mir die Hand,
> wir wollen einander verwachsen,
> einem Wind Beute,
> einsamer Vögel Flug.
> (Du kennst das Gedicht und seinen Verfasser?)

Wir müssen uns recht oft sehen, mein Elis! Ich möchte mit Dir lesen und Musik hören und in stillen Galerien vor schönen Bildern stehen, mit Dir die Luft der Parks und Seen atmen. Und ich möchte neben Dir stehen, wenn Du Klavier spielst – wie oft habe ich geträumt, daß Du für mich allein spielst.

Du mußt mich auch oft anschauen, damit ich den Blick Deiner dunklen Augen trinken kann.

Meine Liebe ist zu stark, um im Geistigen, Ideellen allein Erfüllung zu finden – ich denke, das solltest Du wissen!

Ich umarme Dich – meinen einzigen Freund und Geliebten!

PS: Ach, spieltest Du doch für mich Chopin …

Dem Flüchtigen

Entsteig im Tanz aus meinen Träumen,
Aus meinem tiefen Sehnen steig,
Und achte, daß wir nicht versäumen
Die Stunde, die sich uns heut zeigt!

Bedenk des Augenblickes Dauer
Und seines jähen Schwindens, Du,
Schon liegt sein Sterben auf der Lauer,
Blickt wartend unserm Zögern zu.

Besiege unsrer Stunde Feind,
Gewinn für uns den Siegerkranz,
Werd hell im Werden, das erscheint,

Erstrahl in des Triumphes Glanz –
Gib ein Sein dem erst Erahnten,
Bau dem Flüchtgen uns ein Haus!

Ich hatte meinen Brief schon zugeklebt, aber jetzt habe ich ihn noch einmal aufgerissen, um auch diese Zeilen beizulegen. Wenn ich an Dich schreibe, bin ich Dir ganz nahe. Wie ich mich auf den sonst so verhaßten Montag freue: Dich zu sehen!

In mir ist nur noch die Liebe zu Dir. Ich habe seit unserem Spaziergang am Wannsee keinen anderen Gedanken fassen können. Ich bin selbst erschrocken, wie stark meine Gefühle sind. Nie hätte ich geglaubt, so lieben zu können. Zu Mädchen hatte ich immer nur rein körperliche Beziehungen, meinerseits jedoch fehlte jede seelische Bindung (von einer geistigen ganz zu schweigen)!

Was ich bisher nur manchmal ahnte, weiß ich jetzt: Du hast recht, Erik, eine echte Liebe gibt es nur zwischen Männern.

Ich war zuweilen in die Schönheit von Jungen verliebt (nicht in sie selbst, nur in ihre hübschen Körper), die meisten habe ich nur gesehen (auf dem Schulweg etwa), und nie habe ich mit ihnen ein Wort gesprochen. Den anderen habe ich mich nie zu erkennen gegeben. Erstens hätten sie mich nicht verstanden, zweitens war es nie mehr als ein flüchtiger, rein ästhetischer Schwarm. Aber ich habe mich immer nach einem gesehnt, der schön *und* geistreich ist, der solche Gefühle versteht, weil auch er sie kennt. Seltsam genug, ihn gefunden zu haben, Dich gefunden zu haben! Unfaßbares Wunder, von ihm einen Brief zu bekommen. Einen Liebesbrief!! Wovon ich jahrelang träumte, sollte das wirklich in Erfüllung gehen?

Es geht doch in Erfüllung, nicht wahr, mein Elis?

All das, was ich für Dich empfinde (und ich verstehe davon nur einen schwachen Abglanz in meinen Briefen zu geben), begann mit unserer Klassenfahrt nach Paris im Frühjahr. Wie erst wird unser Sommer werden!!! Ich hoffe, bete, glaube, weiß, daß es der Sommer Deines und meines Lebens wird – der große Sommer, wie Rilke sagt.

Laß uns nicht daran denken, welche zerstörerische Kraft in unserer *liaison dangereuse* liegt. Laß sie uns in einem heftigen Rausch bis zur Neige auskosten.

– Danach?

Wird es überhaupt ein »Danach« geben?

Ach, Erik, schreibe mir, schreib, wann wir uns – privat, außerhalb der Schule – wiedersehen. Schreib jetzt gleich, nachdem Du meinen Brief gelesen hast! Bitte!! Mich dürstet nach Deinen Briefen ...

Dein Brief, ich bin wie trunken …

Die Zeit zwischendurch erlebe ich nicht bewußt, ich träume, taumle, bin in Trance. Du mußt mir tausend Briefe schreiben, Elis!

Und morgen mit Dir in die Volksbühne (häßlicher Name für einen Musentempel, findest Du nicht?), morgen mit Dir »Frühlings Erwachen«!

Wie heißt es bei Wedekind: »Ich liebe Dich, Hans, wie ich noch nie eine Seele geliebt habe.«

Ist das echt oder Theater, wenn ich nämliches zu Dir sage? Ich weiß es nicht, Erik. Vernunft, logisches Denken sind ausgeschaltet. Spiel? Vielleicht. Aber ein dionysisches Spiel, ein Rausch, ein Lodern und Brennen …

Du stellst viele Fragen in Deinem Brief, doch Du verschweigst, was genau Du für mich empfindest! Was bedeute ich Dir eigentlich? Kein Wort mehr! Ich will Dich umarmen, umschlingen, küssen …

Die Grenzen künstlerischen Ausdrucks sind erreicht (Rimbaudismus!), jetzt nur noch glühende Liebe, die sich in Worten nicht ausdrücken läßt. Oh, mein Geliebter, morgen, morgen …

Ich schreie nach Deinen Briefen wie der Süchtige nach Morphium!

Schreib!

Welche Sehnsucht quält – Deinen Florestan

Mein Lieber,
vielen Dank für Deinen Brief. Das war keine Prise Morphium, das war eine kalte Dusche! Auch gut, weil auch erfrischend! Meine Worte sind zu heiß, zu »schwitzig«? Was für ein ekeliger Ausdruck! In welchen Gossen hast Du den bloß aufgelesen? Schwitzig dürfte doch wohl eher Dein Verhältnis zu diesem kleinen Mädchen aus der Parallelklasse sein, dessen Namen ich mir partout nicht merken kann. Sei's drum!

Nein, lies weiter, diese Zeilen werden Dich nicht verbrennen. Nur ein Hauch meiner erlöschenden Liebe soll ein letztes Mal Deine Wangen streifen, ganz kurz, leis und zart und mild. Ein kühler Gruß an Dich, mein Dorian, nicht mehr!

Und doch: Wenn ich Dir schreibe, sehe ich Dich vor mir, schaue in Deine Augen, still und tief, schweigend …

Ich greife nach Dir, greife in die Luft, kann Dich nicht fassen …

Entfliehst Du schon?

Bleib mir, bleib, mein Elis! Erik gehört in die Schule – nicht in meinen Traum. Für ängstliche und verklemmte Gymnasiasten ist dort kein Raum. Dies bedenke!

Wir müssen uns wieder einmal sehen – nicht unbedingt im Theater, wo ich angeblich bei Wedekindschen Pubertätsdramen zu heftig atme! Das Stück war übrigens gut inszeniert, Dein Verhalten auf dem Heimweg war es nicht! Keine Bange, Erik, körperliche Annäherungen überlasse ich Deinem Dämchen aus der Elf B.

Auf bald!

PS: Verdammt, mein Vorschlag, nach dem Theater mit Dir in den nächtlichen Tiergarten zu gehen, zielte nicht darauf ab, Dich dort auf eine Bank zu werfen und zu vergewaltigen! Ich wollte mich dort mit Dir ergehen und über die Aufführung reden, während welcher ich keineswegs »störenden Kniekontakt« gesucht habe! Hast Du noch alle Tassen im Schrank? Stell mich bitte nicht als »Kinderfreund« dar, der kleine Jungs mit einer Tüte Bonbons in die Büsche lockt. So jung bist Du nicht mehr – und so animierend erst recht nicht!!

Erotisch betrachtet, bist Du eine Handarbeitslehrerin aus dem neunzehnten Jahrhundert. Nicht fin de siècle, sondern deutsche Gründerzeit!!!

Zu Deinem Amusement lege ich einen fiktiven Brief bei, einen, den ich jemandem widme, der mir aus dieser Welt des Normalen zu folgen kühn genug ist. Lies ihn als poetischen Spaß – und lach! Ich tue es auch, und heller als Du, verehrter Erik!

Nimm mich, füge mir Schmerz zu, trinke mich, sauge mich aus wie ein Vampir.

Nehmet hin meinen Leib,
nehmet hin mein Blut,
um dieser, meiner Liebe willen!

Wir wollen im Muschelbett der Erotik liegen, daß ich Deinen weißen Leib mit Küssen bedecke, die Dich verbrennen, damit Du unter ihnen vergehst – mein Atem ist der Atem der Verwesung, des Untergangs, mein Atem wird Dich töten, Namenloser!

Unsere Liebe ist hohe Minne und Pest, Wahnsinn und décadence! Zerstöre mich, wie auch ich Dich zerstören werde! Die größte Liebe ist der größte Schmerz. Du weißt das, Gezeichneter! Und auch das weißt Du: Wer den Schmerz flieht, will nicht mehr lieben.

Führe mich, nimm meine Hand! Wohin es geht, ist gleich. Nur nicht zurück, denn es gibt kein Zurück, es ist verbrannt. Die sengenden Flammen haben uns emporgehoben. Der Bo-

den unter unseren Füßen ist allzu brüchig, vermag uns nicht mehr zu tragen. Wir sind gefallen wie Krieger. Nur unsere Leidenschaft, unsere gierigen Umarmungen täuschen noch Leben vor, Leben in der Realität. Mit unserer Liebe, Verhüllter, sind wir in ein fremdes, bitteres, verführerisches Reich eingetreten, das die Sterblichen nicht kennen dürfen. Umschlungen wollen wir sterben. Nicht eigentlich sterben, denn wir leben ja schon nicht mehr. Dieser zweite Tod wäre nur ein kleiner Schritt tiefer in den Zaubergarten, in den wir uns verirrt haben für immer! Das Tor zu ihm, das sich uns öffnete, ist wieder verriegelt, schon ist es wieder überwachsen von den Blumen des Bösen. Oh, mein Tadzio, wir leben in dem Venedig, durch das der gelbe Hauch der Cholera weht. Drum laß uns jede Stunde, jede Sekunde auskosten!

Wie ich Deinen schlanken Körper begehre, mein weißer Pierrot! Wann schenkst Du ihn mir, auf daß ich Dir den meinen schenke?

Zur Entspannung, Erik, hier eine Quizfrage: Von wem stammt das folgende Zitat?

Nein, von mir ist es nicht, obwohl es genial ist:

»... aber das ist nur, weil das Kindsein ihm von den Schultern gefallen ist, dieses sanfte dunkle Kleid. Wer hat es fortgenommen? ›Du?‹ fragt er mit einer Stimme, die er noch nicht gehört hat. ›Du!‹

Und nun ist nichts an ihm. Und er ist nackt wie ein Heiliger. Hell und schlank.«

Hoffentlich ist das nicht zu »schwitzig«, mein Lieber!

See you!

Impression I

Ich suchte die Freunde
Der ernsten Gespräche,
Das Lachen der heiteren Spiele.

Ich suchte die Säle
Der lichthellen Feste,
Die Mädchen der zierlichen Tänze.

Ich fand nur das Echo
Verlorenen Klagens
An den Mauern verfallener Schlösser.

Impression II

Der Staub nie endender Feste
Auf den Wangen welker Pierrots.

Verschlissene Seiden bedecken
Das Altern heuchelnder Gesten.

Und Masken verlogenen Lachens –
Sie fallen vor tauben Spiegeln.

Wie, nun soll ich Dir doch wieder schreiben? Ich dachte, Du brauchst *distance* und nicht mein Bedrängen? Bist du intellektuell nicht ausgelastet in Deinem Allerweltsverhältnis zur Elf B?

Was sagen? Mein Traum, der herrlichste Traum, den ich je hatte, ist aus. Vorbei! Ich lache ihm nach; ich applaudiere mir, denn in diesem Spiel habe ich wohl recht gut agiert.

Ich tanze, springe und lache: Ich bin frei, ganz frei! Vielleicht zum allerersten Mal in meinem Leben. All das Schwere – Tragik, Liebe, Leidenschaft, Entsagung, Kummer, Trauer und Sehnsucht –, es ist im eigenen Feuer erstickt, nichts ist übriggeblieben. Es ist nicht einmal zurückgesunken in mein Unterbewußtsein, es hat meinen Körper verlassen.

Diese unbequeme Last, unter der ich »gestöhnt« habe (vielleicht hattest Du recht), ist mir wieder abgenommen worden. Mögen andere sie schleppen, ich war ihr kein guter Träger. Nun endlich kann ich auf das große Fest gehen, mein Leben als Spiel mir bereiten. Ich war bisher zu schwer – zu wahrhaftig – für die gläsernen Böden in den Schlössern der Lust.

Tausend Dank, mein Pierrot, geschickt hast Du sie an die Oberfläche gelockt, diese schwül-dumpfen Gefühle, die im Lichte des Geistes verglühten. Ich steige aus der Asche, ich fliege wie ein Schmetterling. Es warten Blumen auf mich. Ich werde mich aber nie (nie mehr!) allzulang an nur einer Blüte delektieren, dafür gibt es zu viele! Ein Tor, der auch nur eine ausläßt.

Das Perverse ist mir zu tragisch, man verliert sich so leicht in ihm, und es ist von einem äußerst unangenehmen Ernst. Mögen sich die Schaufensterdekorateure wegen ihrer Männerliebe umbringen, ich bin für das leichte Leben geschaffen. *No tears, no fears,* ist mein Motto. Wie froh ich bin, das schreiben zu können!

Ich hatte übrigens großes Glück, daß wenigstens Du, Erik, nie die *distance* (und *contenance*) verloren hast. Hättest Du dieses Spiel auch so selbstvergessen gespielt wie ich (besser: erlebt wie ich, denn ich hatte übersehen, daß es nur Schäferspiel war), dann hätten wir beide uns in diese Tragik so verstrickt, daß der Tod uns als einzige Lösung geblieben wär.

Ich juble, ich frohlocke – noch einmal davongekommen!

Ich beginne, Dich zu verstehen, Erik, dieses herrliche Gefühl der Ungebundenheit, der Freiheit, ist viel schöner als die Liebe zu einem anderen Menschen. Man ist dabei, nimmt teil, doch man lacht über den törichten Ernst, mit dem sich die Menschen das Leben erschweren.

Es ist wirklich nur als heiteres Intermezzo, als angenehmer Zeitvertreib zu ertragen. Seit siebzehn Jahren kriechen wir über diesen öden Planeten, es wird Zeit, Freund, daß wir zu fliegen lernen!

Jeder für sich – einem Wind Beute, einsamer Vögel Flug!

»Einander verwachsen ...«? Pardon, aber das klingt irgendwie behindert, fast bucklig.

Ich jedenfalls bin gern bereit, mit Dir eine Flasche Champagner zu leeren, irgendwann, bevor wir uns wieder in die Kemenaten unserer Klassenkameradinnen stehlen.

Im übrigen werde ich jemanden finden, der meiner Verse wert und würdig ist. Du warst es einen Lidschlag lang!

Dafür Dank von Deinem Phoenix

Nächtliches Zwiegespräch

»Einst glaubt ich, daß wir hätten
Das eine gleiche Ziel.
Doch du warst wie in Ketten,
In Eisen, das nicht fiel.

Was war es denn im Tale,
Daß dich der Berg nicht rief,
Daß dann mit einem Male
Sein Locken dir entschlief?«

»Es waren schmeichelnde Mächte,
Die sangen so süß mir und hold.
Sie tanzten in meine Nächte,
Es zierte sie Glanz, Schmuck und Gold.«

»Sie sangen mit falschen Tönen
Und lockten mit Flitter und Tand.
Ihr Lied war ein einziges Höhnen,
Sie griffen nach deiner Hand!«

»Ach, hättest du mich doch geleitet
Zu deinem wolkigen Hain,
Die Wege mir leichter bereitet –
Ich tanzte in deinen Reihn!«

»Nun bist du an jene verloren,
Hast über dich niemals gewacht,
Die Häscher dir selbst noch erkoren,
Dein Opfer so willig gebracht.

Vom Fest ist das Aug' dir geblendet,
Ihr Singen machte dich taub.
Wie hast du an sie dich verschwendet,
Bist ihnen gefallen zum Raub!«

»Ich springe zum Spiel hin behende,
Versäum nicht den rauschenden Ball.
Ich dreh mich um und wieg mich und wende,
Ich steige! Die anderen nennen es Fall!«

»..................................«

Trop tard, mon ami, trop tard!

Le jeu est fait, das Spiel ist aus! Oh, es war alles für mich! Ein Abend, ein paar Briefe und Gedichte – das war mein ganzes Leben. »Einmal lebt ich wie die Götter, und mehr bedarf es nicht.« Nichts wird mich jemals wieder so berauschen und quälen, Erik, nichts und niemand!

Du bittest um einen Neubeginn. Verzeih, ich bin zu schwach, das alles noch einmal zu ertragen, denn in den vergangenen Tagen (und Nächten) habe ich tausendfaches Glück und tausendfaches Leid durchlebt, bin tausendfach geboren und tausendfach gestorben. Alles habe ich empfunden, habe alles erlebt ...

Ich habe gefühlt wie ein dumpfer, triebhafter Eingeborener und war Priester einer hohen Liebe. Ich schrie nach verbotenem Genuß und verachtete mich, die Reinheit unserer Liebe zu zerstören. In allen Menschen dieser Erde habe ich gelebt, drum lebte ich wie die Götter. Ich habe das Urbild gefunden, bin zum Ursprung der Menschwerdung gelangt – war Urmensch!

Triebhaft, strotzend gesund, unbewußt, ohne Zweifel, Fragen und Qual des Geistes.

Ich war ganz Erde, ganz All!

War krank, verrückt, tausendfach gebrochen, zersprungen in unzählige Scherben, war dekadent, morbid, war nur Geist, und war nur Körper, war alles gleichzeitig: Gott und Teufel.

Der Preis dafür war hoch, doch nicht zu hoch: Ich existiere nicht mehr; der, den ihr kennt, ist verglüht wie ein Komet.

Der Rausch ist vorbei, der Rausch der Liebe und des Schmerzes, nicht Liebe und Schmerz an sich. Ich vermag nicht mehr von glühender, fiebriger Liebe zu reden, denn sie ist rein und bedarf der Adjektive nicht. Wer erdreistete sich, meine Seele zu katalogisieren! Ohne falsches, täuschendes Ornament ist sie nun – ganz echt, und ganz wahrhaftig.

Das wirst Du nicht verstehen können, *mon pauvre ami*, Du bist blind vom Glanz des Talmis!

Ich bin jetzt sehr erschöpft, nun will ich schweigen.

Mögest Du Dich irgendwann, müde der schalen Genüsse, zu mir emporranken. Nur diesen Wunsch kann ich Dir geben – einen »Neubeginn« nicht!

Ich grüße Dich – entrückt ...

Sturz

In deinen Augen war schon Tag,
Und deine Lippen netzte Tau.
Die Nacht auf meinen Lidern lag,
Die macht mich blind, daß ich nicht schau,
Wie du mit frühem Morgen steigst,
Zum letzten Gruß das Haupt mir neigst,
Der nächt'ge Mantel von dir fällt –
Du Trunkner nach dem Rausch der Welt!

Es weckte mich dein irdisch Lied,
Es war so schrill und laut.
Ich unsres Turmes Sturz erriet,
Der war zu leicht gebaut.
War seine Höhe dir zu groß,
War seine Stille dir zu weit?

Und doch:
Ich habe Angst, denn du bist bloß.
Ich ruf dir nach: Bist du gefeit?

Mon bien-aimé,
akzeptiere bitte, daß ich nicht willens bin, permanent in das von Dir bereitete Wechselbad der Gefühle zu steigen. Wisse, daß ich wasserscheu bin!

»Erste Briefe und trunkene Verse« soll ich Dir wieder dedizieren. Glaubst Du vielleicht, ich bin Dein Pausenclown – oder läßt Dich die Poesiealbum-Lührick Deiner »Diotima« unbefriedigt?

Ich bin einfach nicht in Stimmung. Wir sehen uns nur noch in der Tretmühle der Schule, wo Du ziemlich normal auftrittst – und der Pennälermasse zum Verwechseln ähnlich bist. *Pardon, mais c'est la verité cruelle!*

Gewiß darfst Du mir schreiben, in Deinen Worten nämlich bist Du Elis und Goldmund, Maximin und Florestan, mein Page und weißer Pierrot, in der Wirklichkeit aber bist Du Erik Wegner, Schüler der Elf A, liiert mit einem pummligen Mädchen, das entstellt ist von der furchtbaren Angst vor Jugendakne! *Pardon, mais c'est la …*

Nur weil mir die Welt nichts, das Wort jedoch alles bedeutet, gewähre ich Dir eine zweite Chance.

Erschaffe uns schreibend noch einmal – ich warte auf uns!

Unsere Liebe, so sie denn wieder aufblühen sollte, ist eine sehr zarte und kostbare Blume.

Laß uns ihr Gärtner und Priester ihrer Schönheit sein.

Ich warte!

Verstummen

Es ist nur noch verhalten,
Beklommen leis mein Ruf,
Aus endendem Entfalten
Gewahre, was ich schuf.

Ich drohe zu versiegen
In ungehörtem Laut.
War er dir zu verschwiegen,
Zu fremd, zu unvertraut?

Jetzt, da die Bilder schwinden,
Mein Strom sich schwach verzweigt,
Ist es an dir zu finden,

Was deutend ich gezeigt.
Ich lieh ihm viele Namen –
Du sag den einen mir!

Narziß,
Deine Zeilen haben das Rad der Zeit zurückgedreht: Ich war wieder am Grab, der Geburtsstätte unserer Sternenliebe, ich war wieder in dem totgesagten Park, dem Du neues Leben eingehaucht hast …

Ja, mein Geliebter, ins Reich der Träume wollen wir gehen, siehe, wir sind schon auf dem Wege. Die Brücke, darunter der reißende Strom, genannt die »Welt«, fließt, sie ist schon überquert!

Das dunkle Reich erwartet uns, das Lager ist bereitet, die Liebenden zu betten. Wir werden nackt sein und schön in unserer Jugend, nur der samtene Mantel der Nacht wird uns kleiden, hüllen, schützen. Unsere lichte Schönheit lockt die Mörder aus den Rattenlöchern der Durchschnittlichkeit. Sei ohne Angst, mein Page, wir sind unverletzlich.

Oh, endlich das Häßliche und Gemeine vergessen, endlich ankommen in der Pracht unsterblicher Jünglingsliebe. Endlich bei Dir, endlich bei mir!

Noch dürfen wir das Schlüsselwort, welches das Portal zum *»royaume des illusions«* öffnet, nicht sprechen; die Brandung der Welt würde es verschlucken, ersticken, ungehört lassen.

Noch nicht, noch ist es nicht soweit, mein ungeduldiges Kind, erst am Mittwoch gehen meine Eltern in die Oper (Gott sei Dank in Begleitung meines enervierenden Bruders), erst am Mittwoch werden wir uns im betörenden Traum treffen, dann erst selige Umarmung, zärtliches Begegnen, dann erst die Wildheit!

Oh, würde sie schneller verbrennen, die Zeit, im Feuer unserer Sehnsucht! Narziß, mein schöner Mönch, gehöre mir, schenk Dich mir.

Wir wollen uns aneinander verschwenden!

Laß uns den Festtag mit Musik und Wein beginnen, rauschhaft wirst Du mich erleben, bar jeder Vernunft.

Ich werde Lust sein und Laster. Erwarte am Mittwoch bitte nicht den kultivierten Poeten, den schicke ich in die Stadtbücherei. Empfange den kraftvollen Jüngling! David steigt aus den Kunstbüchern, David wird Fleisch, mein Fleisch, meine Muskeln.

Empfange mich, Du schön und zart Gebild!

Neues Sein

Du fandest uns das Namenlose
Und nanntest es: die Blume. Nur
Sah ich nicht, daß über diese Rose
Der Zeit Gespann bald fuhr.

Als ihre junge Blüte fiel,
Da glaubt ich selbst zu fallen.
Du hieltest mich. Fast wie im Spiel
Schufst du aus ihr und auch aus allen

Wandlungen, die wir durchlebten,
Ein neues Sein. Und Räume,
Wo versunken wir einst webten

Die schweren dunklen Träume,
Sie wurden licht und weit
Wie wir. Du fandest unsre neue Zeit.

Narziß,
will denn nie Mittwoch werden? Steht denn die Zeit still?

Wird es die Erfüllung nicht geben?

Verzeih mein Zweifeln!

Ich rufe in die Nacht nach Dir, allein, ich sehe Dich nicht. Wo bist Du, mein Freund, wo?

Küß mir die Tränen von meinen Wimpern, schütze meine Seele vor der tödlichen Trauer!

Oh, dieses Zweifeln!

Erreichen Dich meine Worte überhaupt, sprichst Du meine Sprache?

Sind eines geheimen Reiches Söhne wir?

Bist Du Narziß und ich Goldmund? Bist Du wie ich?

Im Meer der Trauer drohe ich zu ertrinken, rette mich!

Will denn nie Mittwoch werden?

Ich rufe in die Nacht: Narziß ...

PS: Ich bin fast erschreckend produktiv zur Zeit, die Gedichte fliegen mich nur so an. Es ist, als schriebe nicht ich, es ist, als schriebe etwas in mir – etwas Außerirdisches, Jenseitiges. Noch dichte ich verständlich und formbedacht, bald aber werde ich nur noch dunkel raunen!

Ich hatte Angst, daß es mir wie Rimbaud ergehen würde – in zwei Jahren würde ich ausgebrannt sein! Nein, Angst hatte ich davor eigentlich nicht. Ich wollte schließlich nicht als Dreißigjähriger enden, der pubertierenden Jüngelchen Liebesgedichte in die Turnhose steckt. Und überhaupt – wer will schon so alt werden! Du weißt, wie ich mit Hölderlin zu sagen pflege: »Nur einen Sommer gönnt, ihr Gewaltigen, mir ...«

Am Mittwoch werden wir uns aussaugen, als leere Hüllen, als Untote werden wir den Eltern und Lehrern begegnen – und wieder einmal werden sie uns nicht erkennen! Mein armer Vater wird sich weiterhin über seinen Sohn verwundern müssen, der das Kainszeichen auf der marmornen Stirn trägt.

Manchmal glaube ich, nur deshalb in Sport so gut zu sein, um *pauvre pére* zu besänftigen. Es ist bekannt, daß ich ein guter Bodenturner bin – es ist nicht bekannt, daß ich schon vor ewiger Zeit himmelwärts entschwunden bin! Zu Dir?? Das wird sich am heiligen Mittwoch herausstellen, mein Begehrter!

Heimat

Vergessene Feen sprachen
Wieder im Schlafe zu mir.
Sie kamen in des Traumes Nachen
Auf der Nächte Meer von dir.

Es trieb sie der Wind ferner Jahre
In meinen Hafen hinein,
Daß ich Erinnerung wahre
Und trinke wie alten Wein.

Sie traten auf samtenen Sohlen
Zu meinem Lager hin leis,
Mich an Gestade zu holen,
Wo man Vergangenes weiß.

Sie haben zum Boot mich getragen,
Auf weiche Kissen gelegt.
Ich glaubte, ich müßte entsagen,
Doch hat mich dein Werben bewegt.

Da wußt ich: Ich hatt nie verlassen
Die Insel, zu der ich nun trieb.
Ich konnte nur manchmal nicht fassen,
Daß ich für immer dort blieb.

Dein Lied

Es schlief ein Park,
Und welke Ranken banden seine Pforte,
Verhangen hielten Nebel den Palast.
Tief in den Nischen der Arkaden
Bewuchs schon Moos ein Marmorbild,
Verschwiegen glomm ein Wasserspiel
In einem müden Brunnen.

Es schlief ein Park
Und dämmerte ein Sänger –
Als in den efeuschweren Mauern
Ein nie gehörtes Lied sich fing
Aus einem goldnen Harfenmund,
Von mondbeglänzten Saiten.

Da trat der Garten aus der Nacht,
Dem Vogel gleich noch schlafverfangen.
Es fand dein Lied mich, wo ich mich verborgen,
In wilden Lilien traumverstrickt.

Und auf dem Teppich schöner Klänge
Entfaltest lächelnd du die Hand,
Mit der du mir dein Lied gespielt –
Auf daß auch ich dir singe.

Lieber Erik,
ich möchte Dich bitten, mir meine Briefe und Gedichte zurückzugeben! Für Dich, wie Du nun einmal bist, waren sie nicht geschrieben. Ihr Adressat war ein anderer, ein Dir vollkommen Fremder. Unser Mittwoch war nicht der erhoffte Tag des Wahnsinns, er war der Tag der Wahrheit, der traurigen Wahrheit.

Du bist zwar stolz darauf, römisch-katholisch zu sein, bei mir hast Du Dich aber märkisch-protestantisch aufgeführt, altjüngferlich, pfäffisch!

Als ich auf dem nächtlichen Balkon nach Deiner Hand griff – nach Deiner HAND und keinem delikateren Körperteil –, hast Du gezittert wie Espenlaub. Dein »Mich friert« hat die Situation auch nicht gerettet. Wie lau müssen denn die Sommernächte sein, damit Du aus dem Eisblock Deiner Körperfeindlichkeit taust? Oder muß ich in einen Minirock schlüpfen, mir eine Farah-Diba-Perücke überstülpen und mädchenhaft lispeln wie ... Nein, ich werde Deinem Dämchen nicht die Gnade der Namensnennung gewähren!

Du dürftest ihn oft genug keuchen auf ihrem widerlich weichen Leib. Erik, alter Junge, leg Deine Oscar-Wilde-Bücher und Paul-Verlaine-Bände in die unterste Schublade Deines Schreibtisches. Das ist keine Literatur für Dich. Lies Heinrich Böll; man sagt, der sei auch katholisch und unerotisch. Lies Martin Walser, der beschreibt Kreaturen, die Dir ähnlich sind – Angestellte!

Du Möchtegern-Mönch, Du Narziß des Normalen, als Studienrat wirst Du enden, an der Seite einer Frau, die nach jedem Wurf fetter wird. Während ich in den Opiumhöhlen Asiens rehhäutige Knaben lieben werde, wirst Du mit Deinen Blagen durch den Berliner Zoo marschieren.

Viel Spaß dabei!

Das blonde Knäblein aus der Sieben A begehrst Du? Daß ich nicht lache! Ausreden, Ausflüchte sind das! Das klingt zwar schön dekadent, weil nach André Gide, aber Du bist nicht geschaffen, das zu leben! Du hast schlichtweg Angst vor meiner männlichen Schönheit! Du warst es doch, der geschrieben hat, ich sähe aus wie ein Michelangelo-Jüngling, aber Du kannst darüber nur tönen, wirklich genießen kannst Du es nicht!

Ich sei zu brünftig, sagtest Du auf dem Balkon. Ich hätte Dich Ratte über die Brüstung werfen sollen, aber dazu wäre eine körperliche Berührung nötig gewesen, und die wollte ich Dir nun wirklich nicht zumuten!

Brünftig! Ist Dir eigentlich schon mal aufgefallen, daß Du jedesmal, wenn Deine Drei-Groschen-Diotima auf dem Schwebebalken die Beine grätscht, einen Steifen bekommst? Nicht, daß er sich allzu eindrucksvoll durch die Turnhose abzeichnen würde, aber immerhin, eine penetrante erotische Wölbung bringst Du der Turnerin dar. *Let's face it:* Du bist normal – und damit bist Du für mich verloren! Am Mittwoch bist Du aus meinem Reich der Edlen zurückgegangen in die kleinstbürgerliche Republik der Massenmenschen.

Daß Du dort atmen kannst ...

Dir und Deiner Gattin in spe viel Glück beim Abschließen Eurer Bausparverträge!

Such nicht nach mir, ich lebe nicht hienieden, ich fliege sternwärts zu meinesgleichen, zu den Erkorenen!

Vergnüg Dich in der Wirklichkeit – und bitte, retourniere meine Werke!

PS: In der Schule darfst Du Dich auf meine exquisiten Manieren verlassen. Mit einer eleganten Handbewegung werde ich unser Zerwürfnis beiseite schieben.

Zu schwer

Mit dem Traumschiff zum Rosenspiel?
Auf einem Regenbogen zum Nachtschloß wandeln?
Aus silbernen Versen Kränze winden
Für tanzende Pagen?

Du Narr!
Und die erdige Welt an den Sohlen?
Brächest du nicht durch die gläsernen Böden?

Trugbild

In eines kalten Mondes Glanz
Schien mir ein mildes Geben.
Ich war in trunknem Wunsche ganz,
Dies Leuchten żu erstreben.

Ich hob mich in azurne Nacht
Auf meines Bebens Schwingen,
Des Mondes Kälte nicht bedacht,
Um ihn gleich Gletscherringen.

Erzitternd jäh gewahrte ich
Das lauernde Verharren.
Ich hielt – und ich bewahrte mich

Vor eisigem Erstarren.
Denn jenes milde Geben war
nur Spiegel meines Traumes!

Lieber E.,
müssen wir tatsächlich durch diesen Morast waten? Das ist doch selbst Dein Biotop nicht, obschon Du recht erdigen Zuschnitts bist! Tatsächlich die Schlammschlacht?

Ein gewisses Niveau sollte unser Diskurs – nicht Streit, mit Dir streite ich nicht – behalten, da Du mich dauerst! Deine Waffen, Knecht der Welt, sind dem Ritter des Kosmos zu ärmlich, unser Diskurs also sollte nicht in die Niederungen des Kläffens absinken.

Etwas mehr Stil bitte, *un peu plus de contenance, s.v.p.*

Du mußt mir nicht unter die Nase reiben, daß ich mit Karin schlafe; ist mir bekannt, und ehrlich gesagt bin ich abwegig genug, das sogar zu goutieren. Karin hat immerhin seit zehn Jahren Ballettunterricht und ist folglich von anmutig-grazilem Körperbau. Eigentlich sieht sie aus wie ein Knabe, wie Dein blonder Engel aus der Sieben A – hörst Du mein höhnendes Lachen?

Noch eins: Im Gegensatz zu all den anderen gebärversessenen Vertreterinnen des weiblichen Geschlechts, die mir in der Schule die Luft zum Atmen rauben, hat Karin durchaus einen Zugang zu den Dichtern, die Du so gern zitierst und von denen Du nicht eine Silbe verstehst!

Stefan Georges »Neues Reich« wird nie Deine Heimat werden. Du wurzle lieber in dem Dir adäquaten Boden, dort, wo die Kohlköpfe und Runkelrüben gedeihen. Beackre Deinen Schrebergarten, überlaß mir – und meinen Frauen dann und wann – die Haine und die Parks. Bitte führe nie Deine Konkubine in das Land, wo die Zitronen blühen, erspare Dir die Peinlichkeit! Sie würde die Früchte von den Sträuchern (oder wachsen Zitronen an Bäumen?) reißen, um damit ein Kabeljaufilet zu säuern. Oder, anders gesagt, Herr Wegner, bleib bei Deinen Leisten. Erschrick bitte nicht, ich habe nicht von Deinen Lenden geredet – die sind mir schlichtweg zu lahm!

Ich genieße es, Dich nicht mehr zu lieben! Gott, ist das ein Spaß!

PS: Merkwürdig, eben will ich diesen Brief kuvertieren, da rufst Du an. Nun, vielleicht bist Du doch ein Ideechen sensitiver, als ich Dir zugestehe. Ja, Erik, ich bin zu einem klärenden Gespräch – außerhalb der Mauern des Albrecht-Dürer-Gefängnisses – bereit. Ich bin sogar geneigt, gemeinsam mit Dir den »Geist der Freundschaft« auferstehen zu lassen – nicht gerade am Grabe Kleists, ein neutraler, unbelasteter Ort will mir bekömmlicher erscheinen. Wir sollten uns in einem unverfänglichen Café treffen, in der reizarmen Umgebung des Kranzler. Dort ist es zwar furchtbar betulich, aber in der Gesellschaft behüteter Witwen können wir uns ganz und gar aufeinander konzentrieren. Ich werde nicht abgelenkt von Lustknaben, und Du nicht von Sexbomben auf Stöckelschuhen. Das Kranzler sei es also. Morgen gegen sechzehn Uhr, dann habe ich noch Zeit für eine Siesta, Du weißt, wie sehr mich die Schulfron ermattet. In zwei, zweieinhalb Stunden, denke ich, läßt sich allerhand bereden. Den späteren Abend gedenke ich auf meinem Balkon zu verbringen. Ich spüre, daß ich morgen dichten werde – und dieser Schöpfungsakt verlangt totale Einsamkeit, er ist ein entmenschlichter! Aus diesem Grunde, findest Du nicht, ist ein gutes Gedicht immer auch ein grausames Gedicht – kalt und gnadenlos!

Im Kranzler jedoch werde ich Dir warmherzig und gütig entgegentreten – vielleicht kann ich mich sogar dazu aufraffen, Dich zu verstehen, Du Irrläufer.

A demain!

Letzter Abschied

Hör mich in den Winden
Und sieh mich in dem See,
Lies aus der Bäume Rinden
Den Weg, den ich nun geh.

Und auf den weiten Fluren,
Da bleibe suchend stehen,
Und finde meine Spuren,
Bevor sie dir verwehen.

Lieber Erik,
das war ein nicht unerfreulicher Nachmittag mit Dir, das will ich gerne zugeben. *Pas mal, pas mal du tout.*

Ist Dir aufgefallen, wie uns die Leute angestarrt haben? Im Café, auf dem Ku'damm, in den Massentransportmitteln?

Für Erscheinungen wie uns – freust Du Dich über den Plural? – müßte es so etwas wie einen Taxifonds geben, nicht zu unserer Bequemlichkeit, nein, zum Schutze der grauen Mäuse. Unseren Anblick zu ertragen muß bitter sein. Auch das Miese hat einen Begriff von dem Großartigen, auch die Erpel wollen Schwäne sein. Unsere Schönheit (nicht nur die physische!) macht gierig, hungrig – und selbst die Dumpfen ahnen, daß sie sich nie an uns werden laben dürfen. Nun gut, dies sind nur ein paar Marginalien zu unserer Außenwirkung.

Ich komme nun zum Wesentlichen dieser Epistel: zu Deinen im Kranzler fast scheu überreichten Geschenken. Du nanntest sie die »Morgengaben eines verzeihungheischenden Untertans an seinen zürnenden Herrscher«. Ich bin nicht blöd, die Ironie Deiner Worte ist mir nicht entgangen, aber da – wie Du weißt – Ironie gleich Eros ist, habe ich sie entgegengenommen als Liebesgabe.

Der silberne Jugendstilrahmen ist sehr ansprechend; nenn mir doch bitte bei Gelegenheit die Adresse Deines Antiquitätenhändlers. Wunderschön ist das Maximin-Portrait! Dieser Kronberger war, neidlos sei es ihm zugestanden, ein sehr schöner Jüngling, der aber für seine knapp sechzehn Jahre schon ziemlich alt aussieht – und dabei ist er so jung gestorben – mit sechzehn! Überlege Dir das einmal, wir beide wären dann schon ein Jahr tot! Und wir hätten nie erlebt, wie aus unserer Klassenkameradschaft eine

Sternenfreundschaft wurde. Ich habe nicht vor, mich allzu lang auf Erden herumzutreiben – welche Überraschungen sollte das Leben mir noch bieten können –, aber ein paar Sommer will ich doch noch erleben – *seulement pour le plaisier – avec toi, sans toi!!!!!!!*

Daß Du das Maximin-Photo aus einem Stadtbücherei-Band herausgerissen hast, gefällt mir sehr, für Deine harmlosen Verhältnisse ist das fast ein gewagtes Verbrechen im Genetschen Sinne. Nun hast Du zwar für mich nicht gemordet, was bekanntlich ein äußerst erotischer Akt ist, sondern nur die Benutzerregeln gebrochen, aber immerhin, es macht Dich zu einem kleinen, hübschen Dieb.

Ich werde Dich bestrafen müssen, ich habe Dich in der Hand, hahaha …

Im Ernst: Du hast recht, wir müssen unser Leben radikal ändern. In grenzenloser Freiheit wollen wir existieren, in totaler Verantwortungslosigkeit und ohne jegliche Moral! Nur zwei Gesetze haben für uns zu gelten, das der Schönheit und das des Genusses. Ästhetik ja, Ethik nein!!

Was natürlich nicht bedeuten darf, daß wir zwei miteinander unethisch umgehen. In unserem Orden walten unerschütterliches Vertrauen, absolute Verläßlichkeit und die reinste Aufrichtigkeit. Um der Schönheit willen werden wir die Welt mit Lug und Trug überziehen, gewissenlos werden wir das Schöne für das noch Schönere verraten und alles opfern dem Schönsten – in welcher Gestalt und welchen Geschlechts auch immer –, aber Du mußt mein Fels* sein in der Brandung betörenden Rausches – und auch ich will Dir Petrus sein, was natürlich nicht heißt, daß wir brave Christenmenschen sein werden. Unser Gott sei Dorian Gray – nicht Jesus Christus! Nun ist ein Leben in der *décadence* selbstverständlich nicht ohne Gefahr, aber das Risiko morbiden Untergangs wollen wir auf uns nehmen.

* Quatsch! Mein verdorbenes Beelzebübchen sollst Du sein!

Ästheten sind keine langlebigen Kreaturen, sie sind nur flüchtige Zierde der Welt.

Kometen sind wir, stürzende Sterne – aber noch leuchten wir!

Satanische Grüße von Deinem Lucifer

Morgengrauen

Die Wölfe des Tages
Zerreißen die Nacht
Mit lichterlechzenden Zähnen.

Sie schleudern ihr Heulen
An gläsernes Schweigen,
Das lärmend in Scherben zerspringt.

Aus geifernden Mäulern
Des mordenden Hasses
Ergießt sich der Strom wilden Siegens.

Es fallen die Träume
Verblutender Nächte
Zum Opfer den rasenden Bestien.

Warum tust Du das? Was schleichst Du Dich in meinen Schlaf? Kannst Du nicht akzeptieren, daß Dich mein Geist überwunden hat? Mußt Du Dich in den Niederungen meines Unterbewußtseins vergnügen?

Such Dir einen anderen Spielplatz, Du grausames Kind! – Was passiert ist?

Im Traum war wieder ich am Grab
Und hab geschaut Narziß.
Doch als ich zärtlich ihn umwarb,
Da sang der Wind: Vergiß!

Ich wollte mich vergessen lehren, um nicht mehr an den Schmerz, den Du bereitet hast, denken zu müssen. Aber dann hätte ich die Augenblicke der Seligkeit, des Glaubens, erhört zu sein (nicht des Wissens!), vergessen müssen. Die Augenblicke, wo wir in unseren Blicken ertranken, wo wir uns im Händedruck verströmten, wo wir in Gesten lasen, was nicht gesagt werden durfte.

Nur in diesen Augenblicken war die Liebe unsere Liebe, in diesen Sekunden wußte ich meine Briefe und Gedichte verstanden, geschätzt. Vielleicht waren es nicht nur Sekunden, vielleicht gab es sie wirklich, die bezaubernden Stunden, von denen Du in Deinen ersten Briefen schriebst. Mir waren sie es gewiß, mir waren sie die schönsten Stunden, die ich je hatte, mehr als all meine anderen Erinnerungen – und das werden sie mein Leben lang bleiben, weil ich Dich geliebt habe, wie ich nie zuvor liebte und nie mehr lieben werde. Denn all die Liebe, die in mir war (und vielleicht ist sogar jetzt noch ein wenig davon vorhanden), habe ich Dir geschenkt, DIR!

Ich übertreibe? Nein, Lieber, Du hast nur nicht erkannt,

wie stark sie war, wie unendlich. Und darum war sie eine einsame Liebe, ohne Erfüllung, Erwiderung, ohne Entgegnung! Die Nacht hatte sie in meine Seele gewebt, und selbst der Tag konnte sie mir nicht verbergen.

Anfangs war sie nur im Traum, in der Dunkelheit, bald aber war sie zu groß, vom verborgenen Pokal des Unbewußten gefaßt zu werden. Da war ich wie bloß – und meine Liebe strömte, gleich einem ungebändigten Strom, zu Dir. Damals, am Grab, glaubte ich, Du würdest in ihm zu mir schwimmen, ertrinken, wie ich ertrunken war. Du aber verharrtest ängstlich an seinen Ufern!

So wurde denn das Grab des Dichters zu Deiner Liebe Grab. Die Zeit hätte sterben müssen, um unserer Liebe Leben zu schenken. So aber verging sie in Dir, bevor du sie erkanntest. Ach, wärst Du zu Deiner Seele Grund getaucht, sie mir zu bergen!

In ihr hätten wir das Wort gefunden, welches uns die Tore geöffnet hätte zu einem Leben in Poesie, Musik und Schönheit. Es wäre nicht länger das graue, rauhe, gewöhnliche Leben gewesen, zu dem wir verdammt sind. Es wäre jenes gewesen, das inbrünstig ich zu leben wünschte und noch immer erlangen will! Mir scheint, daß eine Jünglingsliebe nur in diesem unerreichbaren Land ihre Heimat finden kann.

Ich glaubte in Dir den Zwillingsbruder erkannt zu haben, den Suchenden nach gleichen Zielen. Du hast mich ein Stück Weges begleitet, aus diesem Sein hinauf ins »gelobte Land«, nur ein paar Schritte gingst Du an meiner Seite, mich aber trieb es weiter, tiefer in die verbotenen Bezirke – und ich habe mich in ihnen verirrt zu MIR! Ich bin endlich bei mir angekommen, Du aber bist wieder hinabgestiegen; ich verlor Dich an Menschen und Dinge, die mir nichts wert sind, deren Daseinsberechtigung allein darin besteht, mir meine große, weite Einsamkeit deutlich und klar widerzuspiegeln.

Gewiß, auch ich fliehe manchmal zu ihnen, meine Schmerzen zu betäuben, es ist aber nur ein kurzer Rausch, ein Betrug, ein Verleugnen meiner selbst.

Ja, ich redete in ihrer Sprache, trug auch ihre Masken, doch wurden sie mir stets zu eng! Wenn ich mit Dir zusammen war, bedurfte es nicht der Maskerade, Gemeinsamkeit zu heucheln. Wir hatten unsere tiefen, ernsten Gespräche, waren eingehüllt in diese wunderbare Atmosphäre des Geistes; Du warst das Echo meiner Worte wie ich der Widerhall der Deinen. Aus Deiner Quelle schöpfte ich meine Verse, Du hast mich zum Dichter geweiht! Und darum gibt es nichts, keinen Menschen und kein Ding, das mir mehr bedeutete als Du und unsere gemeinsame Zeit.

Du forderst für unsere Freundschaft eine »neue Form«. Gibt es denn überhaupt eine alte Form? Gar nichts gibt es! Einmal haben wir einen Ausflug zum Wannsee gemacht, einmal waren wir im Theater und im Kranzler, einmal wollte ich, auf meinem Balkon, den Arm um Dich legen, und einmal hast Du Dich mir verweigert – und das war einmal zuviel!!!!!!!!!!!!

Nein, Du bist nicht mein Zwillingsbruder, bist nicht Demian – meines Geschlechts bist Du nicht! Für Dich ist Liebe ein Teetischgespräch – mir ist sie alles, Anfang und Ende, Aufstieg und Sturz!

Dennoch: »Ich liebe Dich, ist auch durch Dich mein schöner Traum nun tot.« (Stefan George)

Leb wohl!

Lese

In meiner Seele ist schon Herbst.
Nun laß uns unsre Früchte finden:
Die Trauer, die du von ihm erbst,
Und Tränen, die uns süß umwinden.

Es war viel Traum im frühen Jahr,
Wir glaubten uns im fernen Hain.
Wer strich uns milde übers Haar,
Wer bot uns dar den fremden Wein?

Doch wer vertrieb uns aus dem Reich,
Wer riß uns grausam aus dem Traum?
Die Fragen fallen Blättern gleich
Von meiner Seele Baum.

Du bist sehr raffiniert, Erik Wegner, aber nicht raffiniert genug! Seitenlang schwärmst Du von meinen Briefen und Gedichten, lobst den Vielklang der Töne, den Variantenreichtum (kein sehr elegantes Wort) meiner Sprache. Honig willst Du mir ums Maul schmieren – und vor allem willst Du nicht Stellung beziehen! Entschuldige, daß ich eine derart ordinäre Metapher benutze, aber Du willst mich bei der Stange halten. Dein etwas trübes Leben soll ich erhellen, Du hast Angst, mich zu verlieren, weil Du meinen beseelten Geist verlörest.

Nun gut, Du weißt ihn zu schätzen, drum sollst Du nicht darben. Bis zu den großen Ferien werde ich Dich noch mit den kostbaren, vergifteten Früchten aus meinem Zaubergarten versorgen – was in den sechs Wochen der Freiheit passieren wird, steht in den Sternen. Wisse, daß ich ewiger Treue nicht fähig bin!

Apropos große Ferien, fährst Du wieder zu Deinen Großeltern in den Schwarzwald? Wirst Du es wieder ländlich-sittlich haben? Ich versuche seit Wochen, meine Eltern mit dem Gedanken vertraut zu machen, ohne mich zu verreisen. Mein Gott, ich bin erst siebzehn Jahre, aber ich war in meinem kurzen Leben schon zum elften Mal (!) in Berchtesgaden. Hätte die Schwester meines Vaters nicht einen französischen Grafen oder einen englischen Lord heiraten können? Dann wären mir England oder Frankreich so vertraut wie meine Westentasche, dann verkehrte ich in den *châteaux* der Loire oder in den *castles* von Dartmoor. Mein bayrischer Onkel – dies bleibt unter uns – ist Tankstellenbesitzer!

In was für Kreisen verkehren wir nur!!

Ich habe zu meinen Eltern gesagt, daß ich langsam eine

Alpenallergie entwickle, daß sich die »aufdringliche Majestät der Berge« auf meine Brust legt und mir schier den Atem raubt. Mein Vater sagte nur, daß mir ein wenig Natur – er meinte selbstverständlich Natürlichkeit! – nicht schadete. Meine Mutter – Du kennst sie – begann jedoch, ernsthaft darüber nachzudenken, ob das rauhe Bergklima nicht vielleicht tatsächlich zu aggressiv für mich sei. Diese Frau ist wirklich einmalig! Wenn ich ihr mitteilte, daß ich mir in Casablanca die Sexualorgane amputieren lassen und mich fürderhin Dolly Doré nennen werde, würde sie meinen Vater davon überzeugen, daß dies für mich das Beste sei und daß sie sich schon immer ein transsexuelles Neutrum als Kind gewünscht habe. Und Vater, dieser brave, gutmütige Mensch, würde erröten, verstummen und nach einstündiger Bedenkzeit seinen geliebten Friedrich zitieren: »Jeder soll nach seiner Façon glücklich werden!«

Ehrlich gesagt, unsere Eltern sind ziemlich bieder, und *décadence* wird ihnen ewiglich ein Fremdwort bleiben, aber immerhin sind sie nachgiebig, tolerant und blind vor Liebe! Meinst Du etwa, sie erkennen, welche abgründig-gefährlichen Schlangen sie an ihren Busen nähren? Wohlgeratene Söhne sind wir, die gute Noten nach Hause bringen, höflich die Nachbarn grüßen und mit ihrer »kleinen Freundin« (Originalton Mutter) in die Oper gehen.

Wie grausam wird unsrer Eltern Erwachen sein! Bis dahin: Ruhet sanft, ihr braven Menschen!

Mein Bruder will mit einem Kommilitonen durch Frankreich und Italien trampen, ich hätte folglich die ganze Wohnung für mich allein. Ich werde ausschließlich *petits fours* zu mir nehmen und Deutz & Geldermann schlürfen! Und, wer weiß, vielleicht locke ich mir schöne Knaben in mein diesbezüglich noch keusches Zimmer, das wohl die gewöhnliche Lust erlebt hat (Karin!), nicht jedoch die griechische – Du verstehst!

Nous verrons!

Ich gedenke meine Ferienerlebnisse festzuhalten in

einem Tagebuch, den Titel habe ich schon: »Kältere Himmel – Der Sommer eines Ästheten«. Klingt nicht uninteressant, stimmt's? Das ist eine vielversprechende Brechung, denn schließlich sind des Sommers Himmel normalerweise ja wohl glutvoll.

Ich hoffe, mir ist in den Ferien mehr beschieden als Lesen, Schwimmen und … hier setze das Wort ein, mit dem Du Deine einsamen Sehnsuchtshandlungen umschreibst. Du errötest, katholischer Erik? Schluß für heut, ich habe meine Eltern zu bearbeiten. Wollen wir wetten, Freund, daß Berchtesgaden in diesem Sommer auf mich verzichten muß?

Wenn ich Glück habe, stürzt in den nächsten Tagen ein junger Bergsteiger in den Alpen ab; meine Mutter würde das als schlechtes Omen deuten. Drück mir die Daumen!

See you!

Einst

Streicht der Äolsharfe Saiten,
Laßt sie tönen, Winde,
Laßt sie preisen!
Und ihr Sang soll mich begleiten,
Daß mein Herz den Trost dann finde
Auf den ungewissen Reisen.

Und es soll das Lied mir sein
Von dem »Einst«, das ich verlier.
Möcht es, wenn ich fremd, allein,
Von dem Gestern singen mir ...

Dieses Gedicht, Erik, ist nicht ganz ernst gemeint! Schließlich fahre ich nur von Berlin-Neukölln nach Berlin-Wannsee ins Landschulheim – zu einer zweieinhalbtägigen Klassensprecherkonferenz. Aber jede Inspiration, jeder Einlaß sei dem Dichter willkommen. Müßte ich mein reales Leben bedichten, ich verstummte wie ein Fisch!!

Lieber Freund,
ich habe mich nun von der langen, beschwerlichen Reise erholt und komme endlich dazu, Dir einen Nachtgruß zu schicken.

Wie ich Dich, der Du daheim in weichen Bettchen liegst und an reich gedeckten Tafeln speist, beneide(!), während ich auf einer harten Pritsche die Nacht durchstöhne und an blanken Holztischen Brühreis (!), Margarinebrote (!!) und Erbsen (Kotz!!!) hinunterwürge. Letzteres Mahl (die Hülsenfrüchte – gibt es ein widerlicheres Wort?) wurde soeben serviert, dazu eine Wurst, die ungefähr aus dem Karbon stammt, will sagen: nicht der frischesten eine war!

Warum sind unsere Eltern nicht in der monetären Lage, uns auf ein Nobelinternat zu schicken!

Entschuldige, daß ich Dich mit diesen unangenehmen Details der hiesigen Armenspeisung belästige, aber nach einem Erbseneintopf entfliehen mir alle lyrischen und schöngeistigen *sentiments.*

Ich werde nun schnell diesen Brief beenden, um noch essen gehen zu können; in der Nachbarschaft soll es ein Restaurant geben, in dem man leidlich zu kochen versteht.

Ich vermisse hier schmerzlich guten Kaffee, jegliche Kultur (man meint, unter Barbaren zu hausen!) – und die schöne Ruhe meiner Privatheit. Von Dir, *cher ami*, ganz zu schweigen!

Ich freue mich darauf, mit Dir bei einem Kelch Deutz & Geldermann meine traumatischen Erlebnisse wegzuspülen.

Ich grüße Dich, Lieber,
aus der Gourmets Diaspora!

PS: Ich hasse diese Villa, Du weißt, daß hier die sogenannte Wannsee-Konferenz stattgefunden hat! Vielleicht darf man an einem verfluchten Ort wie diesem Briefe wie diesen gar nicht schreiben! Furchtbar ist es hier!!!

Gabe

Laß mich von deinen Augen ein Flußbett treiben
Zu meinem See, der ausgetrocknet ist.

Ich kann dir nichts geben dafür. Du weißt,
Ich habe alles verspielt.

Mir blieb nur das Echo des gelben Mohns –
Das werde ich vor deine Tür legen.

Lieber Erik,
merkwürdig, ich dachte, meine politische Phase liege hinter mir, aber gestern nacht konnte ich lange nicht einschlafen, weil ich permanent an die Nazi-Schweine denken mußte, die hier in diesen Gemäuern auch übernachtet haben.

Als ich zwölf oder dreizehn war, habe ich ein Buch über die Weiße Rose gelesen; ich erinnere mich noch, wie ich mir lange die Photos von Sophie und Hans Scholl angeguckt habe. Die Geschwister und ihre Freunde waren so schön, fand ich, sahen so edel aus!

Wirklich EDEL, also gut (ethisch) und schön (ästhetisch) zugleich! Von Hans Scholl habe ich lange geschwärmt und mir vorgestellt – ich war halt sehr jung –, ich würde an seiner Seite gegen die Faschisten kämpfen und ihn in letzter Sekunde vor der Mörderbande retten. Die Brüder Stauffenberg sahen übrigens auch sehr ansprechend aus, was sicherlich nicht nur Stefan George zu schätzen wußte!

Ich habe damals meinen Eltern Photos der jungen Widerstandskämpfer vorlegen wollen – und welche von Hitlers und Himmlers Visagen. Und fragen wollte ich: Wie konntet ihr nur so blind sein? Mit einem Blick sieht man doch, wer die Guten und wer die Bösen sind. Da muß man gar nichts wissen, da muß man nur hinschauen!

Getan habe ich das nicht, ich fand es ein bißchen naiv. Mittlerweile bin ich mir gar nicht mal sicher, ob das wirklich so einfältig war.

Ich sage Dir, Erik, diese Wannsee-Villa macht mich noch zu einem antifaschistischen Kämpfer. Komisch, welche Bedeutung dieser schäbige See in meinem bisherigen Leben hat.

Übrigens habe ich bald eine wichtige Nachricht für Dich.

Die versammelten Klassensprecher und Beck, unser allseits geliebter Vertrauenslehrer, wollen mich in das eine oder andere Amt drängen. Dazu später mehr! Ich weiß nicht recht, ob ein Mensch wie ich sich exponieren sollte; nach den Schulaufführungen und meinen Hauptrollen darin bin ich sowieso schon ein viel zu prominenter Insasse des Albrecht-Dürer-Gefängnisses. Mehr Ruhm an dieser Stätte begehre ich eigentlich nicht. Schließlich will ich nicht als Laiendarsteller oder Schulsprecher geliebt werden, sondern als Dichter – natürlich nicht von den Massen! Du wirst es erleben, um mich wird sich scharen ein Kreis Erwählter, ein Kreis EDLER!

Ciao, ich muß jetzt zur Plenumssitzung.

Lieber Erik,
es spricht zu Dir: der Chefredakteur unserer Schülerzeitung!!!!

Fast einstimmig – es gab nur eine Gegenstimme – bin ich in diese Position gewählt worden. Nun gut, die »Pauke« ist nicht die »Blätter für die Kunst«, aber immerhin habe ich jetzt ein Instrument in der Hand, mit dem ich gegen die Verblödung anschreiben kann. Ich gedenke, aus der »Pauke« ein geistiges Forum zu machen, in dem die erlauchtesten Köpfe unserer Schule zu Wort kommen werden. Nach der Wahl fragte mich Beck – mit leicht ironischem Unterton –, ob ich die Wahl annehme. Ich antwortete: »Da ja der Kelch ganz offensichtlich nicht an mir vorübergeht, lasse ich mich selbstverständlich in die Pflicht nehmen!« Alles brüllte vor Lachen, und dann fügte ich, um Becks Bildungsgrad zu testen, noch hinzu: »Chefredakteur der ›Horen‹ wäre ich natürlich lieber!« Die versammelte Schülerschaft verstand nur Bahnhof, während Beck meinte, das würde tatsächlich besser zu mir passen. So übel ist der Mann also nicht, wir sollten ihm eine Chance geben! Nach der Sitzung sagte er zu mir: »Wenn Sie nicht mit Ihrer parfümierten Clique auftreten, Detlev, sind Sie eigentlich ein ganz patenter Kerl!«

Unsere Klasse genießt, was wieder einmal deutlich wurde, schon einen recht merkwürdigen Ruf. Wir gelten als arrogant, parfümiert (gefällt mir, ehrlich gesagt) und als Spinner. Manchmal glaube ich, wir gehören gar nicht in unsere Zeit; außer uns dürfte es kaum Jugendliche geben, die sich als Wiedergeburt von Rimbaud und George verstehen. Wenn wir uns damit brüsten, nicht von dieser Welt zu sein, sagen wir schlichtweg die Wahrheit.

Ich werde mich als Chefredakteur jetzt wohl öfter der

Wirklichkeit stellen müssen, mich in dieser Welt, wie sie ist, umtun. Denke bitte nicht, Erik, daß ich unsere Sache verraten werde, der totgesagte Park ist auch weiterhin meine Heimat, aber nun muß ich mit wachen Augen auch verfolgen, was auf dem Schulhof passiert. Klar dürfte sein, daß nicht eines meiner Gedichte in der »Pauke« erscheinen wird, wir wollen schließlich nicht die kleinen Schweinchen mit Perlen füttern.

Hübsch wäre eine Rubrik »Knabe des Monats«, aber süße Jungs in knappen Turnhöschen finden vielleicht nicht die Zustimmung unseres Direktors – oder aber sie erfüllen seine geheimsten Träume, und dann werden sie erst recht nicht publiziert.

Eine elitäre Anhebung des Niveaus unserer Zeitung ist fraglos der erste Schritt, den ich tun werde. Ich rechne mit Deiner und Karins Unterstützung. Vielleicht berufe ich Karin zur Kulturredakteurin, und Dir lege ich die Literatur in die Hände – falls Du Dir nicht zu fein bist für derartig profane Ämter.

Mein Vater kommentierte meine Wahl am Telephon mit den Worten: »Jetzt wirst Du wohl vollends durchdrehen!« Er war natürlich sehr stolz auf mich, konnte das aber nicht zeigen. Eigentlich kindisch von mir, gleich meine Eltern anzurufen, aber ich verzeihe mir, ab und an noch wie ein typischer Siebzehnjähriger zu reagieren.

Ich habe dann einen Brief geschrieben; solche Überraschungen treiben meinen Eltern immer Tränen der Rührung in die Augen, und diese Tränen schwemmen meistens ein paar Extrascheine aus ihrem Portemonnaie. Nenn mich ruhig berechnend, aber ich mache meinen Eltern immerhin viel, viel Freude.

Ich schrieb ihnen, daß meine Berufung ins Chefredakteursamt unser aller Leben verändern wird. Ein Mann in meiner Position darf natürlich nicht mit einer Haushaltspackung Klopapier von Bilka gesichtet werden (meine Eltern haben die Stirn, bei diesem Billiganbieter einzukaufen,

Gott sei Dank keine Lebensmittel, da ist meine Mutter heikel, aber Tempo-Tücher, Scheuerpulver, Waschmittel u. ä. erstehen sie dort schon). Im übrigen, schrieb ich weiter, bedürfe nun meine Garderobe einer kritischen Revision. Ein Publizist, also eine Persönlichkeit des öffentlichen Lebens, hat auf seine Erscheinung zu achten! Eine Erhöhung meiner Apanage versteht sich von selbst, schließlich muß ich meine Autoren mitunter zum Diner ausführen.

Du kennst meine Eltern, sie werden sich köstlich amüsiert haben.

Ich hoffe darauf, daß Du neidlos meinen Aufstieg (oder Abstieg) in die Realität ertragen kannst. Denke immer daran, daß ich ein Mensch mit tausend Gesichtern bin und stets die passende Maske habe – und vergiß nie, daß nur Du mein wahres, schönstes, Antlitz kennst.

Und das lächelt Dir zu – Dir allein, der Du nichts mit meiner »Pauke« zu tun hast, sondern einzig und allein mit meinem Prinzentum.

Nach Konferenz und Wochenend begegnen wir uns wieder – und Du wirst mich, Deinen Goldmund-Narziß, unverändert finden.

Ich bin heute von extrem blendender Laune.

Ciao!

PS: Diese eine Gegenstimme läßt mir keine Ruhe! Ich wüßte gern, wer mein Widersacher ist. Ich tippe auf jemanden vom mathematisch-naturwissenschaftlichen Zweig. Denen ist unsere Klasse sowieso ein Dorn im Auge. Es wäre schön, wenn Du Dich, in aller Diskretion, umhören könntest. Vielleicht sickert ja der Name des Feindes durch. Deine Diotima kennt doch Gott und die Welt, ich gestatte Dir, sie am Aufspüren teilhaben zu lassen.

Diese Ratte soll das Zittern lernen, durch die Zeitung habe ich jetzt ein Sprachrohr, das diesen Kretin mit einer üblen Hetzkampagne überziehen kann – nicht plump und direkt, aber zwischen meinen Zeilen werden die vernichtenden Diffamierungen zu dechiffrieren sein!

Ich meine, niemand muß Dich oder mich toll finden und lieben, aber jeder sollte klug genug sein, unseren Wert zu erkennen. Es heißt, der Einäugige sei König unter den Blinden, dann werden ja wohl wir, die SEHER, die Kaiserkrone beanspruchen dürfen!

Eben fällt mir ein passender Name für unsere Zeitung ein: »Die neue Sicht«. Laß uns am Montag darüber räsonieren.

Zu guter Letzt noch ein Beck-Zitat. Da ich hier wie ein Teufel schreibe (Briefe, Gedichte, Anweisungen an den zu berufenden Redaktionsstab etc.), sieht er mich permanent arbeiten.

Fragt der mich doch: »Machen Sie fleißig Schularbeiten, oder sitzen Sie schon an Ihren Memoiren, Detlev?«

Darauf ich: »Lieber Herr Beck (habe ich wirklich gesagt!), mir wird zwar an unserer Lehranstalt einiges nachgesagt, aber mit dem Begriff Fleiß bringt mich doch hoffentlich niemand in Verbindung!«

Beck: »Können Sie Ihren Snobismus nicht wenigstens bis zum Abitur unterdrücken? Sie machen sich damit nicht nur Freunde!«

Was, frage ich Dich, war das: Drohung oder Warnung? Ich denke, es war ein gutgemeinter Ratschlag, Beck ist nicht ohne, wie gesagt.

Übrigens ist mir hier beim Volleyballspiel aufgefallen, daß der für einen erwachsenen Mann gar nicht einmal so übel aussieht. Wer so was mag, warum nicht!

Ich aber bleibe den verzauberten Pagen treu, den betörenden Jünglingen.

Also Dir? *On verra ....*

Ernte

Ich sammle früh die schlanken Schatten,
Die du einst geworfen hast
Auf des Parkes Marmorplatten,
Und bette sie im Korb aus Bast.

Ich pflücke deine reifen Lieder,
Die noch in den Bäumen hängen.
Es wird der Vögel Flaumgefieder
Müd gestreift von ihren Klängen.

Abends wird dein ›Dagewesen‹,
Das noch auf den Beeten liegt,
Sinnend von mir aufgelesen,
Wo es sacht die Blüten biegt.

Wiederkehr

Auf meiner Trauer purpurn See
Aus Wolken helles Lachen schwebt,
Mit Schwänen weiß wie früher Schnee,
In Federn Silberglanz gewebt.

Und auf seinen weiten Schwingen
Bringt ein Vogel Verse dar,
Die wie schlanke Gläser klingen
In dem Kreise froher Schar.

Wind weht samtnes Sehnen fort
Von des Sees Uferrand,
Denn ein Taucher hob ein Wort,

Das er in der Tiefe fand.
Leise flüstert's irgendwer,
Zärtlich tröstend: Wiederkehr!

Ich scheine zur Zeit eine Glückssträhne zu haben. In diesem Jahr bekomme ich meine Sommergrippe nicht während der großen Ferien, sondern davor! Kurzum: Ich liege mit leichtem Fieber auf meiner Ottomane, verbrauche pro Stunde zehn Tempo-Tücher und lasse mich von meiner Mutter auf das schönste bedienen. Ich manipuliere das Thermometer ein bißchen, um ihr einen ausreichenden Grund zur Besorgnis zu geben. Aus siebenunddreißig Komma acht mache ich knappe neununddreißig Grad, damit meine Mutter ihre Standardrede führen kann: »Du glühst ja, mein Junge!« Du siehst also, mir geht es prächtig, und das Albrecht-Dürer-Gefängnis wird ein paar Tage ohne mich auskommen müssen.

Es gibt viel zu berichten:

Als ich gestern nachmittag vom Wannsee zurückkam, fand ich bei uns auf der Flurgarderobe einen riesigen Blumenstrauß vor. Auf meine Frage, wer der Rosenkavalier sei, antwortete mein impertinenter Bruder: »Der ist von Deinem Busenfreund Erik!« Ich befürchte, daß ich ein wenig errötete, meine Stimme aber war kühl, fast schneidend. »Um mich auf den Arm zu nehmen«, entgegnete ich, »müßtest Du von anderer Statur sein!«

Darauf Stephan: »Frag Mama!«

Mutter, die sich zu uns gesellte: »Doch, mein Junge, die hat Erik abgegeben. Herrlich, diese Teerosen, nicht wahr?«

Eigentlich hätte ich mißtrauisch werden müssen, wenn Du mir Blumen schickst, dann ja wohl mit »Fleurop«, aber da meine Mutter, bei aller musischen Begabung, sonst keine gute Schauspielerin ist, nahm ich ihre Worte für bare Münze. Ich wuchs aber über mich selbst hinaus und sagte, kühn und lässig zugleich: »Na und, warum sollen sich Jungen denn nicht Blumen schenken!«

Stephan verfiel in ein debiles Kichern und Glucksen. Und bevor ich elegant meine Reisetasche durch die geöffnete Tür meines Zimmers warf, sagte ich blasiert: »Dir ist wohl nicht bekannt, daß Ludwig II. Richard Wagner mit seidenen Morgenmänteln überhäufte?« Mutter rückte dann mit der Wahrheit heraus: Die Blumen waren von ihrem Verehrer aus dem Nachbarhaus, einem älteren Herrn, für den sie manchmal mitkocht. Vater und ich nennen ihn den Generalissimus, weil er im letzten Krieg Offizier war. Je seniler Herr Kahn wird, desto höher steigt der Rang, den er sich beim Turteln mit meiner Mutter verleiht. Vor zwei Jahren war er noch Major, jetzt ist er bereits Oberst. Herr Kahn ist nicht uninteressant, er redet meine Mutter nicht mit dem Nachnamen an, sondern mit »Frau Helga«. Einmal die Woche kommt er zum Tee, eigentlich gibt's ganz normal Kaffee und Kuchen, aber mein Vater und ich flöten schon Tage vorher durch die Wohnung: »Die liebe, verehrte Frau Helga lädt übermorgen die deutsche Generalität zum Tee. Nein, wie vornehm!«

Mich nennt Herr Kahn den Benjamin des Hauses, was sehr hübsch klingt, jedenfalls besser als Detlev – ob nun mit V oder ohne! Ob mein Vater wirklich ein bißchen eifersüchtig ist, weiß ich nicht, ihm gefallen wohl die »Rittmeistermanieren dieses Herrn« nicht, wie er sich ausdrückt.

So, nachdem das mit den Blumen geklärt war und ich gerade von meiner triumphalen Wahl berichten will, klingelt das Telephon. Wer war dran? Karin im Zustand großer Aufgelöstheit. Sie wird Dir heute in der Schule erzählt haben, daß »die Orlovska« gestorben ist, ihre langjährige Ballettlehrerin. Wenn Karin diese welke Ballerina erwähnt, sage ich immer: »*Mon trésor*, Du glaubst doch nicht ernsthaft, daß die tatsächlich Olga Orlovska heißt. Dann bin ich Hyazinth-Adonis Graf von Sternentaumel!«

Darauf sagt Karin immer: »*Mon âme*, das bist Du doch!«

Diesen Scherz haben wir aber gestern nicht bemüht, Karin war wirklich außer sich, ich also nichts wie hin. Ich hatte sowieso vor, erotische Betäubung bei ihr zu suchen – gestern war ihrer Mutter Canastaabend –, folglich hätte die Leidenschaft sich austoben können, aber weit gefehlt: Karin weinte und weinte und weinte! Ich habe sie in den Arm genommen und ihr zugehört. Frau Orlovska war fast so etwas wie eine zweite Mutter für sie, was ich nicht ahnte. Und dann haben wir ganz ernsthaft über den Tod geredet. Ich habe ihr von meinem Großvater erzählt; sie mir von ihrem Vater, an den sie sich kaum erinnern kann, generelle Reflexionen folgten, und ich habe einen Sherry nach dem anderen getrunken – Wein oder Sekt gibt es bekanntermaßen *chez Karin* nicht.

Und dann rückte ich mit der Geschichte meiner Schwindsucht heraus, ich will sie Dir nicht vorenthalten – Du darfst Dich aber nicht über mich lustig machen!

Diese Episode meines Lebens geschah, als ich gerade sechzehn war, also direkt nach meiner politischen Phase, wenn ich mich nicht irre. Ich nenne diese Periode meines Lebens die Zeit der Todessucht!

Eines Nachmittags, ich hatte Mohnkuchen zu mir genommen, stellte ich beim Zähneputzen fest, daß in meinem Speichel Blut (!) war. Da habe ich mich ganz ruhig und gefaßt im Spiegel angeguckt und laut zu mir gesagt: »Schwindsucht! Detlev Dorn, du hast leider Schwindsucht! Klage nicht, früh holen die Götter ihre Lieblinge heim!«

Ein großer Friede kam über mich, ich schwör's Dir! Nix Horror, nix Panik! Trauer? Worüber? Ich war beglückt, endlich den Staub der Erde aus meinem weltlichen Gewand schütteln zu dürfen.

Schwindsüchtige, ich kannte das aus Literatur und bildender Kunst, sind feingesponnene Menschenkinder, denen kein langes Leben beschieden ist, aber dafür ein Sterben in Schönheit! Hier, Erik, bedeutet Schönheit keineswegs nur physische Attraktivität, obwohl sie den Frühgerufenen bis zum letzten Atemhauch vergönnt ist, nein, hier ist Schönheit der reine Geist, also die lichteste Transparenz. Ich wußte natürlich, daß man Schwindsuchtviren nicht mit dem bloßen Auge entdecken kann, aber dennoch betrachtete ich, wissenschaftlich kalt und ergriffen zugleich, lange meinen Speichel. Wieder und wieder schaute ich in den Spiegel, in dem das blühende Leben stand – scheinbar, denn mein Blut sprach eine andere Sprache. Eine versiegende. Eine auf dem Grat des Verstummens.

Mein Bruder mußte dringend aufs Klo und pochte gegen die Tür, sich nicht entblödend, eine seiner Geschmacklosigkeiten zu Gehör zu bringen, laut grölte er auf dem Flur: »Es lebe hoch die Onanie, sie stärkt das Hemd und schwächt die Knie!« Im Hintergrund hörte ich meine Mutter pikiert rufen: »Stephan, ich muß doch sehr bitten!«

Die guten Menschen, dachte ich, plötzlich sogar versöhnt mit meinem Bruder, sie wissen nichts, sie ahnen nichts! Und da hätte ich fast geheult – nicht meinetwegen, ich war schließlich schon fast am Ziel, es war ihre Trauer, die mich weich machte – für Sekunden nur. Schnell faßte ich mich, spülte den tödlichen Speichel in den Abfluß, tupfte mir den Mund ab, atmete tief durch (»Noch geht es!« dachte ich melancholisch), öffnete die Tür, stellte mich breitbeinig vor meinen Bruder und führte eine Masturbationspantomime vor, die den Vorteil hatte, nicht an das Ohr meiner Mutter zu dringen. Während ich meine Wichsbewegungen machte, dachte ich, was bist du doch für ein Mensch, Detlev, eben ereilt dich die Gewißheit des Todes, und dennoch spielst du und gibst dich quietschfidel!

Bedenke, wann das war, Erik, also keine Häme, bitte! Ich war blutjung damals!

Abends im Bett zog ich die Bilanz meines Lebens, und mit Dankbarkeit dachte ich an all die schönen Dinge, die mir widerfahren waren: Gute Eltern hatten mich großgezogen, ich hatte einen nicht unwitzigen Bruder, der zugegebenermaßen auch noch sehr toll aussah, ich konnte zurückblicken auf einige Monate eines erfüllten Geschlechtslebens (ich hab mit fünfzehneinhalb das erste Mal mit Karin geschlafen – viel jünger ist es ja wohl kaum möglich!) –, und ich hatte meine Begabung, mein Dichtertum! Hinterlassen würde ich circa fünfzig Gedichte, zwei Dramenfragmente, die man aber durchaus auf die Bühne bringen könnte, sowie – das bleibt *entre nous*, Erik – einen Kriminalroman. Der begann übrigens so: »In einer exquisiten Bar im Herzen von Manhattan erschien ein Mann mittleren Alters, den das harte Leben in den Schluchten dieser Großstadt gezeichnet hatte ...«

Mein Bruder hat sich damals totgelacht und mich gehänselt, ich käme ja noch nicht einmal in eine Berliner Kneipe wegen meines Alters. Ich habe diesen Krimi nie beendet und das Manuskript – eigentlich Typoskript, weil auf Stephans Maschine geschrieben – verbrannt. Egal, ich wußte also damals, daß ich meine Spuren auf Erden hinterlassen würde und daß mein Name aufsteigen würde in den Olymp der Begnadeten. An Dich habe ich nur kurz gedacht, wir waren damals noch nicht so vertraut, wir belauerten uns noch, schätzten uns ab. Aus diesem Grunde wollte ich Karin meinen literarischen Nachlaß vermachen, und von dem Geld, das mein Werk einbringen würde, sollte sie einen Lyrikpreis stiften, der einmal jährlich an meinem Grab verliehen werden sollte – an Dichter unter zwanzig!

Du siehst: Kinderkram ist meine Schwindsuchtgeschichte, und vier Tage nach dem Zahnfleischbluten hatte ich sie schon total abgeschlossen. Ich hätte diese ergreifende Story niemandem erzählen können, ich hätte mich der Lächerlichkeit preisgegeben. Gut, meine Mutter hätte sich vielleicht kurzfristig aufgeregt und mich zum Röntgen geschickt, aber wahrscheinlich wäre noch nicht einmal sie mir auf den Leim gegangen.

Gestern habe ich diese Episode wohl recht gut vorgetragen – sherrytrunken, wie ich war (nebenbei: ein ganz widerliches Altweibergesöff!). Wie dem auch sei, es gelang mir, Karin aufzuheitern – und dann hatte ich die Wahnsinnsidee meines Lebens!!!!

Ich sagte zu Karin: »Komm, wir tanzen jetzt zu Ehren der Orlovska nackend einen *pas de deux*!«

Pardon, mon pauvre ami, hier an dieser Stelle endet mein Bericht – für Dich! Es ist nicht die Kavalierstugend des genießenden Schweigens, die mich den Brief beenden läßt, heute habe ich einfach mal Lust, ausschließlich mich mit meinen Worten zu verwöhnen; immerhin bin ich krank und des verbalen Zuspruchs sehr bedürftig.

Wenn ich mir den gestrigen Abend – einen schöneren habe ich selten erlebt – aufschreibe, erlebe ich ihn noch einmal und vergesse meine profan triefende Nase.

Zurück zur Nacht der Nächte: Karin war eigentlich wegen ihres Kummers sexuell nicht entfachbar, aber die Idee eines getanzten Nekrologs gefiel ihr sehr.

Wie schön Karin gestern war! Sie trug ein weißes Baumwollhemd in einem sehr interessanten altmodischen Schnitt. Ich nehme an, es stammt aus dem Kleiderschrank ihres Vaters; Du weißt, Frau Wendt ist äußerst sparsam – was man leider an dem Getränkesortiment der Hausbar sieht – und kann nichts wegwerfen. Unter dem Hemd trug Karin nichts! Ansonsten schmückten sie eine taubengraue Dreiviertelhose und Sandalen in altrömischem Stil. Wegen der Hitze hatte Karin ihr langes blondes Haar zu einem Pferdeschwanz gebunden. Kleidung und Frisur verliehen ihr eine mediterrane Aura, und ich spürte sogar etwas von dieser Pariser Leichtigkeit, die uns in Frankreich so charmiert hatte.

Ich denke manchmal, daß es gar nicht so wichtig ist, welchen Geschlechts der Liebespartner ist; wirkliche Schönheit – wie ich sie Karin zugestehen muß – erregt mich immer … körperlich!

Ganz sacht knöpfte ich Karin das Hemd auf, und ich flüsterte ihr ins Ohr: »Tanz, Fatima! Tanz nicht für mich, heute tanz für Olga!«

Das muß ich wohl sehr bewegend gesagt haben, denn Karin fing wieder zu weinen an – und dann gab es ein Bild, wie ich es erotischer nie gesehen habe: Ein paar Tränen fielen auf Karins Brüste, und dort funkelten sie im Schein der Kerzen, die wir entzündet hatten. Es ist nicht originell, ich weiß, ich weiß, Tränen mit Perlen zu vergleichen, aber gestern stimmte das einfach. Ich küßte spontan die Tränen von Karins Leib, und um dieses Schauspiel nicht enden zu lassen, sagte ich: »Weine, meine kleine Fatima, weine!«

Ich habe Dir nie verraten, wie Karin und ich uns anreden. *»Mon trésor, mon âme«* sind nur unsere für die Öffentlichkeit bestimmten Koseworte, jedoch sind wir allein, so nennt sie mich »Mein Prinz, Stern des Orients« und, das am häufigsten, »Mein Großwesir« oder »Grausamer Sultan«. Ich sage halt »Fatima« zu ihr oder »Lieblichste der Sklavinnen«.

Du darfst diese Worte nicht mißverstehen, sie sind durchweg zärtlich gemeint, selbst mein oft erschallender Befehl: »In den Staub, Unwürdige!«

Als ich zehn oder elf war und die Andeutungen in den Reden der Erwachsenen zu verstehen begann, verliebte ich mich in den Begriff »sexuelle Hörigkeit«, mit dem meine Mutter gern unglückliche, aber nicht scheidungsfähige Ehepaare beschreibt. Wenn mein Vater sich z. B. darüber wunderte, daß Herr X nicht seine furchtbare Frau verläßt (oder umgekehrt, ist ja vollkommen egal), pflegte meine Mutter mit gesenkter Stimme zu sagen: »Georg, wo hast du nur deine Augen? Siehst du nicht, daß der ihr sexuell hörig ist?«

Ich verstand damals darunter, daß man sich mit jemandem, der sexuell hörig ist, alles erlauben kann, jede Laune, jede Frechheit. Das muß ein feines Leben sein, dachte ich, einer hat das Sagen, und der andere kuscht! Ich nahm mir vor, als Mann nur Affären zu haben mit Leuten, die mir geschlechtlich ausgeliefert wären. Unklar war mir, dem Kind, wie das im einzelnen auszusehen hätte.

Karin, das bitte ich zu beachten, ist mir keineswegs sexuell hörig, obwohl sie natürlich weiß, was sie an mir hat.

Vor dem Liebesakt sagt sie oft: »Oh, führe mich, mein Prinz, wieder in den Garten der Lüste!« Eigentlich komisch, wir spielen immer Liebe, aber ich glaube nicht, daß wir sie wirklich empfinden. Immer muß alles inszeniert sein: Kerzen brennen, Musik erklingt (Wagner, Tschaikowski), die Fenster werden geöffnet, damit der Sommerwind sein theatralisches Spiel mit den Vorhängen spielen kann, und fast immer schlüpfen wir in Rollen. Die Geschwister aus »Wälsungenblut« sind wir, und das beginnt mit den Worten »Ich begehre dich, meine Schwester, mich dürstet nach deinem Leib!«, worauf Karin, mich entkleidend, antwortet: »Mein Bruder, wir dürfen uns nicht lieben. Unsere Liebe ist die Verdammnis!«

Oder wir spielen ein Liebespaar der französischen Résistance. Nur noch eine Nacht haben wir vor dem Kamikazeauftrag, den ich im Hauptquartier der Gestapo zu erledigen habe, aber in dieser letzten Nacht wird die Liebe siegen über alle Gemeinheit. Selbstverständlich sprechen wir dabei nur Französisch; ich habe sogar im *dictionnaire* nachgeschlagen, wie das eine oder andere Körperteil heißt. *Tu comprends, cher ami?*

Gestern gab es natürlich auch Musik (Ballettmusik, versteht sich), viele Kerzen (Frau Wendt wird durchdrehen, wenn sie feststellt, daß wir ihre Kandelaber niedergebrannt haben), die Fenster im Erker hatten wir geöffnet, und ich bat – vergebens – die Götter um ein dramatisches Gewitter. Aber da der Tod präsent war, fehlte es mir kaum. Wir verbanden gestern Positionen und Figuren des klassischen Tanzes mit – was furchtbar klingt – Beischlafstellungen. Die meiste Zeit haben wir uns stehend geliebt, vorher aber ging Karin in eine Ecke des Zimmers, ich in die andere, und dann tanzten wir aufeinander zu, das heißt, ich schritt prinzlich in die Mitte des Raums, und Karin näherte sich mir auf Spitzen. Biegsam und schmiegsam waren wir, und über mich kam eine große Lust, das Bild nicht nur zu erstellen, sondern es gleichzeitig zu erblicken. Zum ersten

Mal in meinem Leben gelang es mir, Karin vor den Garderobenspiegel in den Flur zu locken. Ich schwör's, mir sind fast die Augen ausgefallen; ich glaube, in ganz Berlin gab es gestern kein schöneres Paar als Karin und mich. Ich mußte mich richtig beherrschen, nicht unser Spiegelbild zu küssen! Karin war anfänglich etwas schamhaft, ließ sich aber von meiner Freude über uns anstecken. Eine kleine Spitze konnte sie sich nicht verkneifen, als sie sagte, wohl zu recht: »Stimmt's, du findest dich hübscher als mich?« Ich zog mich aus der Affäre mit den Worten: »Fatima, heute sind wir einen Leibes.«

Ich habe beschlossen, das Dekadente und Morbide, von dem Moribunden ganz zu schweigen, nur noch geistig zu leben. Körperlich will ich noch stärker und prächtiger werden – und vor allem will ich das Physische von nun an deutlicher betonen. Ich nähere mich dem Zenit meines Aussehens, und das will ich grenzenlos, maßlos genießen. Bald schon werde ich meinen rigorosen ästhetischen Ansprüchen nicht mehr genügen und mich nur in der Finsternis entkleiden und mit geschlossenen Augen duschen, aber heute und morgen bin ich von großer Schönheit! Lesen kann ich auch, wenn ich fünfunddreißig bin oder hundert.

Dich beschenke ich weiterhin mit meiner platonischen Liebe, ansonsten aber werde ich Körper um Körper erobern – einige auserwählte Mädchen und alle anmutigen Knaben!

Gott, mir ist vom Schreiben noch heißer geworden; ich muß sofort meine Mutter rufen. Mit der Temperatur läßt sie mich die ganze Woche nicht in die Schule.

Was sagt uns das? Literatur ist nicht nur der reinste Luxus, sie liefert auch praktischen Nutzen: das befreiende Fieber!

Mein Geist umarmt Dich, Erik!

Nein, Erik, ich werde Dir, nach reiflicher Überlegung, keine Audienz gewähren. Ich habe leicht geschwollene Augen und entzündete Nasenflügel, bin also weit davon entfernt, präsentabel zu sein. Allein Karin kann ich das häßliche Antlitz eines Verschnupften zumuten, weil ich ihr, sozusagen zum Ausgleich, meinen herrlichen Körper enthülle, was Dich, mein katholischer Freund, gewiß in den Herztod triebe.

Es ist eigentlich schade, daß ich Dich nie bloß, nie nackt gesehen habe. Bis das Dürer-Gefängnis sich den Einbau von Duschen leisten kann, sind wir beide schon längst emeritiert. Sag mal, ist es wahr, daß Du mit Keuschheitsgürtel und Stehkragen in die Badewanne steigst?

Apropos: Wanne! Hab ich Dir schon erzählt, wie ich letztens meinen Bruder entkleidet und in der Wanne abgeduscht habe? Das kam so: Meine Eltern waren übers Wochenende in Bremen, was Stephan dazu verleitete, sich hemmungs- und stillos mit seinen Kommilitonen zu besaufen, bei uns im Wohnzimmer!

Als die jungakademischen Schnapsleichen endlich unsere Wohnung verlassen hatten, wurde Stephan tierisch (hier hat das Wort seine Berechtigung) schlecht, und auf dem Weg ins Bad erbrach er sich. Das war vielleicht *dégoûtant*, zumal er von oben bis unten voll war von … bitte erspare mir weitere Details!

Mit herkulischer Kraft und süßzungigem Zureden gelang es mir, ihn in die Badewanne zu hieven. Stephan stöhnte ununterbrochen: »Ich sterbe, ich sterbe!«, während ich ihn mit der Handdusche reinigte. Da er nicht in nassen Klamotten einschlafen sollte, bat ich, daß er sich ausziehen möge. *Hélas*, ich drang nicht vor in die Dumpfheit seines Rausches. Folglich mußte ich ihn entkleiden, was keine leichte Aufgabe war. Du kennst die Ausmaße meines – im wahrsten Sinne des Wortes – großen Bruders. Gott sei Dank trug er nur sein James-Dean-Kostüm (T-Shirt und Jeans), letztere übrigens etwas zu eng für meinen Geschmack, ich hätte Stephan fast aus den Beinkleidern schneiden müssen. Sein besoffenes Hirn bekam von all dem natürlich nichts mit, nur als er endlich nackend war, schlug er die Augen auf und murmelte: »Was machst du denn da, Kleiner?«

Bevor ich antworten konnte, fiel er zurück in sein Koma. Dies gab mir die nicht unwillkommene Gelegenheit, ihn ganz genau und in aller Ruhe zu betrachten. Als ich ihn so musterte und seine große Schönheit immer deutlicher wahrnahm, dachte ich, erblinden zu müssen, wirklich wahr! Und es tat mir leid, daß ich Stephan oft so grausam meine geistige Überlegenheit spüren lasse. Nun kann und darf ich natürlich meinen engsten Blutsverwandten nicht permanent lüstern ob seiner Schönheit preisen – das verbietet schon die kleinstbürgerliche Würgemoral –, aber ich nahm mir vor, gütiger mit ihm umzugehen. Stephan ist bereits vierundzwanzig, und wie Du weißt, beginnt mit fünfundzwanzig der körperliche Verfall! Sein letztes Jahr im Glanze der Jugend will ich ihm nicht mit meinen bösen Sottisen verderben. Das waren, Erik, einige meiner Reflexionen, die ich übrigens auf dem Klodeckel sitzend anstellte. Dicht beieinander liegen das Erhabene und das Profane, in Situationen wie dieser wird einem das schmerzlich bewußt. Lach jetzt bitte nicht über mich, aber ich erkannte in dem von Millionen Wassertropfen geschmückten Körper Gott, oder sagen wir lieber: das unbeschreiblich Göttliche! Ein derart gipfelkalter Verstandesmensch, wie ich immer vorgebe zu sein, bin ich wohl nicht – mir war richtig feierlich zumute.

Erik, alles an diesem Leib stimmte, alles war von edelster Proportion! Die unterschiedlichsten, auf das deutlichste ausgebildeten Muskeln will ich gar nicht schildern (denk an den heiligen Sebastian ohne Wunden und Pfeile, dann hast Du ein präzises Abbild), will auch nicht singen von den azurblauen Adern, die über meines Bruders Bizeps laufen, von seinem Geschlecht, das ich keineswegs mit schwüler Lust begaffte, sondern mit klinischem Interesse. Köstlich fast finde ich, daß ich, nach Bubenart, Vergleiche anstellte ... Du verstehst. Mit großer Gelassenheit darf ich vermelden, daß Stephan sich einer sehr beeindruckenden Männlichkeit erfreuen darf.

Erneut weise ich darauf hin, meinen Bruder nicht begehrlich angeschaut zu haben – es ließ mir jedoch die Schönheit seiner Füße das Herz pochen. Erik, Du hast in die tiefsten Tiefen meiner Seele geschaut, Du kannst bezeugen, daß mich weder ödipale Sehnsüchte noch sonstige Inzestphantasien quälen, aber – das will und kann ich nicht verschweigen – die Michelangelo-Füße meines Bruders hätte ich küssen mögen! Und diese Ungeheuerlichkeit würde ich sogar in die Welt schreien!

Womit ich nicht meine, daß ich solche Abwegigkeiten unbedingt meinen armen Eltern aufs Graubrot schmieren würde.

Es geht allein darum, unsere ästhetische Lebenshaltung zu radikalisieren! Für die Schönheit ließe ich mich steinigen von dem mordlüsternen Mob. Ich erkenne wohl, ein Zuckerschlecken wird mein Leben jenseits aller Zwänge nicht sein, es tröstet mich der Gedanke, daß mir die Menschen nichts bedeuten, das heißt, mit wenigen erlesenen Ausnahmen!

Zurück zu meinem besoffenen Bruder. Ich schlabberte natürlich nicht an seinem großen Zeh, ich beschränkte mich darauf, ihn behutsam abzutrocknen – überall! Es mag sein, daß ich dabei die Augen schloß; so frei von Scham bin selbst ich, ein kühner Verfechter beherzter Körperlichkeit, nicht.

Wie ich den weinfaßschweren Stephan ins Bett bekommen habe, ist mir noch heute schleierhaft. Standen Engel mir zur Seite? Bevor ich Stephan schön zudeckte, habe ich ihn noch ein bißchen parfümiert. Während ich ihn von Kopf bis Fuß vollsprühte, flüsterte ich: »Ich salbe Dich, Abel!«

Achtung: Die Wirklichkeit reißt mich mit harter Kralle aus meinen Träumen. Eben kommt mein Vater ins Zimmer und sagt: »Entweder gehst du morgen wieder in die Schule, oder du suchst den Arzt auf!« Meinen Einwand, ich sei nicht transportfähig, ließ er nicht gelten. Unser Hausarzt lacht sich natürlich tot über meine vermeintliche Grippe, und Fieber hatte ich sowieso nicht, höchstens ein bißchen Temperatur. Nun verstehe ich zwar wie ein lungenkranker Hofhund zu husten, aber selbst meine gute Mutter will darauf gar nicht mehr mit Panik und Entsetzen reagieren. Ich habe wohl, für dieses Mal, die Rolle des Kranken ausgespielt. Morgen, spätestens übermorgen, melde ich mich im Kerker zurück, falls mein Vater nicht dahingerafft wird und ich einen längeren Trauerurlaub antrete. Verüble Deinem zynischen Freund diesen makabren Scherz nicht. Mein Vater ist ein durchaus akzeptabler Mensch, der sich meiner Zugeneigtheit erfreuen darf.

Ich mach jetzt Schluß, um ihm eine Gnadenfrist abzuringen. *Ciao!*

Frohlocke, Erik, der Kelch ist noch einmal an mir vorübergegangen; ich konnte meinen Vater davon überzeugen, daß es Quatsch wäre, ausgerechnet am Samstag wieder in der Schule aufzutauchen, das heißt also: Verlängerung des Hafturlaubs.

Schon heute muß ich für meine montägliche Übellaunigkeit um Pardon bitten, aber Du kennst sie auch. Montags fühlt man sich immer, als hätte man gerade Lebenslänglich bekommen. Komisch, daß wir nie ernsthaft erwogen haben, aus dem Dürer-Zuchthaus zu fliehen. Immerhin haben wir schon die Mittlere Reife, sind folglich nicht mehr »schulpflichtig«. Nur fällt mir leider außer Schulbesuch nichts Besseres ein. Soll ich vielleicht Jungbuchhändler werden und Heinrich-Böll-Bände als Geschenk verpacken? »Können Sie bitte den Preis ausradieren!« Das will ich nicht Tag für Tag hören müssen, ganz zu schweigen davon, daß dichterische Existenzen Bücher schreiben und nicht verscherbeln! Ein Verseschmied wird als Verkäufer doch nur kreuzunglücklich.

Wir müssen durchhalten, verehrter Mithäftling, in zwei Jahren machen wir das Abi, und nur eine Sekunde nach der letzten mündlichen Prüfung werden wir die Ketten und Fußeisen abgestreift haben – und dann, Erik, die grenzenlose Freiheit!!!!!!!!!!!!!

Ich werde vielleicht zum Zeitvertreib ein bißchen studieren, natürlich nicht so ewig lang wie Stephan, der mittlerweile im hundertsten Semester sein dürfte. Da er aber fast jedes Jahr seine Fächer wechselt, kommt er einfach nicht zum Zuge. Überleg Dir nur, was das für Geld kostet. Eigentlich können sich meine Eltern einen Kostenverursacher wie Stephan gar nicht leisten, zumal meine Erziehung auch nicht gerade billig ist.

Ja, Erik, mit solchen Reflexionen beschäftigt sich mein schweifender Geist, der sich eigentlich der »Aneignung verpaßten Lehrstoffs« widmen sollte. Ich hätte doch sicherlich einiges nachzuholen, meint mein Vater, besonders in Mathe und Physik!

Weißt Du, was ich ihm ins Gesicht sagte? Ich erklärte, daß ich schon jetzt besser rechnen könne als jedes Milchmädchen und daß damit mein Ehrgeiz auf diesem Gebiet gestillt sei. Im übrigen habe ich als Pazifist eine Scheu vor der Physik, das Wissen über sie münde, wie man weiß, in den Bau von Atomwaffen.

Logischerweise mußte mein Vater schmunzeln. Wörtlich entgegnete er: »Schade, mein Sohn, daß es für schlagfertige Antworten keine Noten gibt, dann sähe nämlich dein Zeugnis etwas erfreulicher aus!« *Pauvre père*, er wird nie lernen, daß ich nicht nach irdischer Anerkennung trachte!

Erik, laß uns der folgenden häßlichen Tatsache ins Auge blicken: Arthur Rimbaud war mit seinen siebzehn Jahren weiter als wir! Der mußte nicht in diesem Alter in der großen Pause heimlich Zigaretten rauchen hinter einem zugigen Fahrradständer – und obendrein hatte er Paul Verlaine zum Geliebten, einen berühmten Dichter! Vielleicht ist es ganz gut, daß mich derzeit kein Schwein kennt, Du würdest mit mir doch nur angeben. Ich habe keine Angst vor dem Ruhm; wie sagte ich dieser Tage zu Stephan: Wenn der Ruhm an meine Tür klopft, werde ich ihm öffnen. Stephan, dieser bemühte Witzbold, ist daraufhin in den Hausflur gegangen, hat an unserer Wohnungstür Sturm geklingelt und leider das Glück gehabt, von meiner Mutter zu hören: »Wer ist denn da?« Darauf er: »Dettis Ruhm, Mama!« Auf welchem Niveau sich Menschen amüsieren können!

Obwohl, so total unlustig war sein Einfall nicht.

Daß meine Familie mich mitunter »Detti« nennt, vergißt Du bitte sofort!! Ich verdanke aber diesem Kosenamen einen genialen Einfall: Ich las neulich, daß der Wahlspruch der Jesuiten »Omnia Ad Maiorem Dei Gloriam« lautet. Ich blickte auf die Buchstaben und entdeckte die Verwandtschaft zwischen Dei und Detti! Also nahm ich ein großes Blatt Zeichenpapier zur Hand und beschrieb es schön säuberlich mit riesigen Lettern: OMNIA AD MAIOREM DETTI GLORIAM! Das habe ich dann mit Tesa-Film an unsere Wohnzimmertür geklebt – den Bildungsgrad meiner Familie leider verkennend. Als mein Vater um Übersetzung bat, war eigentlich aus meinem Einfall die ganze Luft raus. Erneut hatte ich Grund zu der Klage: In welchen Kreisen verkehre ich nur!

PS: Ich lege Dir ein Gedicht bei, das sich von denen, die Du kennst, grundsätzlich unterscheidet. Ich schlage in ihm einen ganz anderen Ton an, was wohl daran liegt, daß ich Dich einige Tage nicht gesehen habe, Dein literarischer Einfluß also nachgelassen hat. Vielleicht sollte man als junger Dichter im Jahre 1966 keine Sonette schreiben – oder aber man sollte nichts anderes tun. Nun erlaube ich mir die Frage, wer eigentlich unsere formvollendete Lyrik lesen soll, und – auch das muß erforscht werden – gibt es in ihr tatsächlich den von einem perfekten klassischen Kunstwerk geforderten Gleichklang von Form und Inhalt?

Sind wir, Erik, genial oder epigonal?

Beantworte diese Frage lieber nicht, es könnte für uns ein bitterböses Erwachen geben! Damals, im Gefühlsnebel meiner ausbrechenden Liebe zu Dir habe ich vielleicht auch nebulös geschrieben, die kühle Klarheit mißachtend, die doch eigentlich mein Wesen ausmacht. Jetzt, wo ich Dich nicht mehr begehrlich liebe, muß ich zurücktreten in den erquickenden Schatten meines Geistes. Wir haben noch nicht einmal Hochsommer, noch nicht einmal große Ferien, in mir jedoch ist die Glut der Sonne erloschen. Wenn ich je eine wahre Zeile geschrieben habe, dann diese:

»In meiner Seele ist schon Herbst.«

Diese Erkenntnis aus dem Munde eines Siebzehnjährigen zu hören ist fast traurig, immerhin steht dieser junge Mensch ja erst im Frühling seines Lebens!

Ich werde in den Ferien darüber sinnen, ob wir uns nicht verrannt haben in Ideen und Phantasien, die absolut altmodisch sind! Bitte, ich plädiere nun keineswegs dafür, daß wir in die Fallen des Neumodischen stapfen, nein, ich denke nur, daß wir eigener werden müssen. Ja, das ist ein gutes Wort dafür: eigener, gleich: mehr wir selbst. Ich werde Rilke und George nicht auf dem Scheiterhaufen des Heutigen opfern, aber als meine liebsten Zeitgenossen will ich sie auch nicht betrachten. Tote Dichter sind tote Dichter, in meinen Kreis trete die lebendige Jugend – und dort verweile sie mit mir für alle Ewigkeit!

Hier nun ein Beispiel meines NEUEN DICHTENS:

Lied auf der Drei-Tage-Geige

Erinnerung schlägt mich an
wie eine daumenlose Hand fünf Saiten
und beschlagene Fanfaren
rufen zum Gestern-Fest

Auf Tischen die lang sind wie Nächte
liegen Blätter von Myrten und Mandarin-Fisch
Ich trinke mit Li Po
und stimme meine Drei-Tage-Geige

Wiederhol nicht die Turmbesteigung
im Dom verlöschen die leuchtenden Mesner
der Wetterhahn dreht sich zu den Sternen
und weidet am Mond seine Flügel

Find du einen anderen Namen für Himmelbett
wir wollen den Mönch nicht verletzen
der webt seinem Abt eine seidene Kutte
und röstet den Brüdern Maronen im Hof

Ich bastle noch ein wenig an den Wolken
und ordne für später die Noten
Ein Zündholzmädchen lodert im Abend
und der Nebel schluckt hiesige Welten

(Moniere bitte nicht die fehlende Interpunktion! Ich bin zu der unumstößlichen Einsicht gelangt, daß das Komma im Gedicht nichts verloren hat!)

Scheißschule! Scheißlehrer! Scheißleben!

Ich hatte vergessen, wie absolut furchtbar es in unserer Schule zugeht, wie grausam, wie gnadenlos – wie mies!

Unsere Folterer sind noch nicht einmal richtig böse, weil ihnen alle Faszination versagt ist, auch jene, die vom Bösen ausgeht. Sie sind einfach nur mies, mies, hundemies! Engstirnig und engherzig, spießig und billig – und sie sind abgrundtief häßlich. Sie riechen nicht gut, und sie kleiden sich schlecht, und selbst die jüngeren unter ihnen sind verkappte alte Nazis.

Warum haben solche Kreaturen Macht über mich, wer hat ihnen die verliehen, und mit welchem Recht?

Ich bin gebildeter als meine Peiniger, intelligenter, in jeder Hinsicht begabter – und ich habe einen besseren Geschmack als sie. Warum bin ich es nicht, der die Noten verteilt und Lob und Tadel, warum befinde nicht ich über Gedeih und Verderb?

Warum bin ich der Geknechtete? Manchmal bezweifle ich, daß ich bis zum Abi durchhalten werde.

Heute sollte mir nur jemand die Pistole in die Hand legen, besser noch: eine Handgranate, ich würde in der Schule Amok laufen, ich würde die kalten Flure in blutdampfende Schneisen der Vernichtung verwandeln. Zerfetzte Leiber würden sich im Schulhof türmen, und aus zerschmetterten Mäulern würde ein Jammern und Winseln steigen: »Gnade, Gnade!« Eiskalt aber würde ich weitere Salven in ihre zuckenden Körper feuern, bis eine furchtbare Stille mir den Kollektivexitus signalisieren würde.

»Rattenvertilgung abgeschlossen, Ungeziefer restlos beseitigt«, würde ich triumphierend in der Aula verkünden, und die Schülerschaft würde mich auf den Schultern zu dem stinkenden Unrat tragen, der vor wenigen Minuten noch Herrschaft und Gewalt ausübte. Ich würde zum Nachfolger des Kind-Kaisers Heliogabal gekrönt werden und mit meinen Heerscharen alles Häßliche und Gemeine ausrotten – nicht nur in der Schule. Wir würden die ganze Welt mit Mord überziehen!

»Scheißt ihnen in die sterbenden Fressen!« würde ich befehlen, nein, würde ich nicht befehlen, denn selbst unsere Scheiße ist zu kostbar für diese Kloakenexistenzen. All meine Feinde werde ich – in raffiniertesten Folterungen – quälen und entleiben. Ein falscher Blick, ein falsches Wort bedeutet langsamstes, peinvollstes Krepieren.

Ich bin der Vernichter des Vernichtungswürdigen! Ich bin der Tod!

(Stunden später) So, Erik, jetzt habe ich mich wieder einigermaßen unter Kontrolle, jetzt bin ich wieder des distanzierten Blickes auf mich und mein Leben fähig. Jetzt bin ich wieder ICH – und kann Dir deshalb ganz emotionslos schildern, wie mein heutiger Tag aussah.

Es ist jetzt kurz nach Mitternacht, und kalten Herzens will ich Dir von einer Ungeheuerlichkeit berichten, die mir im Körnerpark widerfahren ist. Was in der Schule alles schiefgelaufen ist, hast Du hautnah erlebt: in Mathe eine schriftliche Fünf, in Bio eine mündliche Fünf wegen mangelhafter Kenntnis der Mendelschen Vererbungslehre. Dann fragte mich Beck spöttisch, ob ich mich im Urlaub gut erholt hätte, und das Entschuldigungsschreiben hatte ich auch noch vergessen, was eine Eintragung ins Klassenbuch bewirkte. Kurzum: ein toller Tag!

All das aber, mein Freund, ist ein Klacks, ist nichts im Vergleich zu dem, was ich nach der Schule erleben und erleiden mußte: Zur Erholung von den Demütigungen im Dürer-Kerker bin ich in den Park gegangen, habe mich auf eine Bank gesetzt und wollte mich ein wenig sonnen. Auf dem Rasen lag – mit freiem Oberkörper – ein Junge, der vielleicht ein, zwei Jahre älter war als ich. Und da passierte es: Ich konnte einfach nicht meine Augen von ihm nehmen, ich mußte ihn ununterbrochen angucken, denn etwas sehr Schönes fiel mir auf: Mal hatte er den Körper eines Mannes, mal den eines Kindes; mal sah er ganz weich und zart aus; mal fest und hart. Gerade als ich den Gedanken formulierte, daß dies ein »zweideutiger« Körper sei, guckte dieser Prolet plötzlich zu mir und sagte: »Wat kiekste'n so? Biste schwul, oder wat?«

Ich Idiot wurde rot wie ein Schulmädchen und bekam einen Schweißausbruch. Meinst Du, mir wäre irgendeine scharfzüngige Antwort eingefallen? Nichts kam aus meinem Mund, Mister Schlagfertig fiel in einen sprachlosen Schock – kein Witz, Erik!

Gott sei Dank bin ich nicht gleich abgehauen, ich habe bestimmt eine ewige Minute verstreichen lassen, in der ich unbeteiligt und ungerührt zu gucken versuchte – dann erst bin ich gegangen. Ich kann Dir nicht beschreiben, in welchem Zustand ich war! Solch einer Demütigung war ich in meinem ganzen Leben noch nicht ausgesetzt, solch einer impertinenten Beleidigung!

Ich hätte wirklich im Erdboden versinken mögen, weil ich dachte, der rennt jetzt hinter dir her und schreit: »Haltet den Schwulen! Haltet den Schwulen!«

Als wär ich ein Dieb, als hätte ich dieses analphabetische Untier bestohlen! Ich habe ihn mit dem distanzierten Blick des Ästheten betrachtet und nicht begafft mit Speichelfäden an den Mundwinkeln. Und im übrigen: So warm war es gar nicht, daß man unbedingt das Hemd ausziehen mußte. Dieser Prolet hat sich doch ganz bewußt zur Schau gestellt. Pech für ihn, daß er von einem jungen Mann beobachtet wurde; eine grell geschminkte billige Friseuse wäre ihm gewiß lieber gewesen.

Eines muß ich mich allerdings fragen: Was war in meinen Augen zu lesen? Stand da: Hier schaut ein reservierter Gourmet alles Schöne – oder stand da: Ich will dich, mit vielen Ausrufungszeichen der Verzweiflung? Ich glaube fast, daß mich meine Blicke denunzierten.

Das blöde Schwein aus dem Körnerpark hat – und das erfüllt mich mit diabolischer Freude – ein unendlich klägliches, ödes Leben vor sich. In zwei, drei Jahren muß er seine hochschwangere Freundin heiraten, eine Fettärschin an der Grenze zur Debilität. Und dann hocken die, bis zum gnädigen Ende ihres nutz- und sinnlosen Lebens, in einer Sozialbauwohnung in Britz-Süd und freuen sich, wenn im Fernsehen ein toller Film kommt.

Schöner noch wäre, wenn dieses Muskelmonster einen schweren Verkehrsunfall hätte und mir im Rollstuhl begegnete, an einem herrlichen Sommertag, wo man Saft und Kraft in allen Gliedern spürt. Ich würde die obszönsten »schwulen« Reden führen, um ihn in den Wahnsinn zu treiben. Gefesselt an seinen Rollstuhl, mit dünnen, tauben Beinchen, wäre er nicht in der Lage, mich zu verfolgen. Ich hätte jede Freiheit der Beleidigung. Gestern nacht im Bett bedauerte ich, kein Geld für einen Berufskiller zu haben, dem Schwein gehört nämlich die Schweinefresse weggepustet! Verzeih meine Radikalität, Erik, aber solche Kreaturen müssen ausgelöscht werden!

Fragt der mich, ob ich schwul sei!!!!!!!!! Noch Minuten danach haben mir die Knie gezittert, und vor Wut hatte ich echt Tränen in den Augen. Ich – ein Schwuler?! Unfaßbar, ungeheuerlich, und vor allem unwahr, Lüge, Verleumdung! Für jetzt und alle Zeiten, für jedes geneigte und ungeneigte Ohr, dekretiere ich, DETLEV DORN, folgendes: Ich bin nicht schwul, homosexuell, vom anderen Ufer, von der anderen Fakultät! Ich bin – entschuldige diese Ausdrücke – kein Arschficker, Schwanzlutscher, keine Tunte oder Tucke, kein Süßer und kein warmer Bruder!

All das bin ich nicht und werde ich nie sein!

Ich bin ein ganz ANDERER, für den es keinen Namen gibt. Ich träume nun wirklich nicht davon, mit Männern ins Bett zu gehen; mit blondgefärbten Pudelhaltern habe ich nichts gemein, auch nicht mit ungesund aussehenden Kellnern, die sich bewegen wie Mädchen.

Ich bin ICH – und dieses ICH steht für Geist, Schönheit und Leidenschaft, steht für Jünglinge wie mich! Und davon muß es einfach mehr geben, als ich wahrnehme! Ich werde ja wohl in dieser Millionenstadt nicht der einzige Siebzehnjährige sein, der ein hellenistisches Leben zu führen trachtet. Nur, wo sind die anderen, wo verstecken sie sich? Oder ist es meine Aufgabe, sie alle wachzuküssen? Liegt in meinen Händen die Renaissance des freimütigen Altertums? Unsere Zeit wird kommen, und all ihre Widersacher werden niedergewalzt. Laßt euch nicht täuschen, die schöne Jugend ist gnadenloser, verheerender als jeder Diktator. Genießt die letzten Tage der Massendemokratie, denn auf euch wartet ewiges Sklaventum!

Ja, Erik, frei heraus sage ich das: Ich begehre die Jugend, was mich natürlich noch lange nicht zu einem Kinderverführer macht, man darf freilich fragen, ob ich päderastische Gelüste verspüre? Ich bin geneigt zuzustimmen, mit der notwendigen Ergänzung: Päderast im Sinne von Platon und Sokrates.

»Warum huldigest du, heiliger Sokrates,
Diesem Jünglinge stets? Kennest du Größers nicht?«

Hölderlin läßt den Philosophen antworten:

»Und es neigen die Weisen
Oft am Ende zu Schönem sich.«

Es sei mir doch bitte gestattet, mich schon am Anfang meines Lebens der Schönheit zu verschreiben! Hier nun ist eine gute Gelegenheit, Platen zu korrigieren. Keineswegs ist, »wer die Schönheit angeschaut mit Augen, schon dem Tode anheimgegeben«.

Leben bedeutet sie, lebendigste Existenz – und nicht das Dahinvegetieren als Kinderverführer!

Ich kenne sie genau: Diese bedauernswerten Menschen

lauern lüstern in Schwimmbädern und Parkanlagen, und mich verfolgen sie seit Jahren. Meinst Du vielleicht, es wäre mir vergönnt, in öffentlichen Duschräumen unbehelligt der Körperpflege nachzugehen? Ich ziehe Blicke auf mich, die schwül sind – vielleicht kommt das Wort »schwul« daher –, verschlingend, wölfisch. Sie lassen mich erschauern. Ich stelle mich immer mit dem Rücken zu den weißen, schwabbeligen, vor Begehr schwitzenden Leibern, um ihrer nicht gewahr zu werden. Generell bin ich übrigens der Meinung, daß häßliche Menschen sich in der Öffentlichkeit nicht zeigen sollten. Mein Gott, wären die Straßen herrlich leer, und in der U-Bahn hätte ich einen ganzen Wagen für mich.

Hinter den blinden Fenstern ihrer süßlich stinkenden Wohnwaben würden die Päderasten stehen und mir hechelnd nachschauen.

Ich möchte nicht wissen, wie viele dieser kranken Lüstlinge sich, meiner gedenkend, selbstbefriedigt haben. Derartige schlüpfrige Phantasien gehören verboten, obwohl ich natürlich weiß, daß man Träume nicht kontrollieren kann.

Man stelle sich vor: Ich liebe mich in betörender Schönheit mit Karin vor dem Garderobenspiegel – und in nämlicher Sekunde stöhnt sich ein Lustgreis, der mich verstohlen auf dem Sportplatz beobachtet hat, in seinen widerwärtigen Orgasmus.

So ein armes Würstchen soll ich sein? Ich, Erik??

Mein Geschlecht und meine geschlechtlichen Wünsche sind edel, sind von reiner Aristokratie (siehe Hölderlin-Gedicht). Mit »hiesigen Welten« und Wirklichkeiten haben sie nichts zu tun. War Stefan George vielleicht schwul? Maximin ein Lustknabe? Der Dichter hat, wie man nachlesen kann, in dem Jüngling Gott gesehen und nicht den willfährigen Sexualpartner! Nun gut, mag sein, daß die beiden sich auch die körperliche Vereinigung nicht versagt haben, aber entscheidend ist nicht der Akt an sich, sondern das

Niveau, auf dem er zelebriert wird. Der Massenmensch fickt und vögelt. Der Edle delektiert sich an dem Edlen!

Quod licet Jovi ... Du weißt, was ich meine.

War Alexander der Große, der strahlende Sieger, vielleicht ein warmer Bruder, eine Tunte?

Neulich erwähnte mein Vater, eher beiläufig, daß O. E. Hasse homosexuell sei, was meine naive Mutter einfach nicht glauben wollte: »Aber Georg, der hat doch eine so kultivierte, männliche Stimme!«

Ob dieser Mime nun dies oder jenes ist, kann mir furchtbar gleichgültig sein – ich jedenfalls bin weder jenes noch dies. Ich bin der Gründer und Verkünder eines neuen Reiches, in dem es nichts Normales geben wird und nichts Schwules. Und an unserer Liebe wird nichts Verstohlenes oder Heimliches sein, wir werden sie offenbaren – im Sinne religiöser Offenbarung – in all ihrer Pracht und Herrlichkeit.

Es lebe die Schönheit von Geist und Körper – und es lebe die Kühnheit, sie zu leben!

In mir, Erik, reift ein entsetzlicher Gedanke: Ich befürchte, daß Du Dich von dem Miesling im Körnerpark nur durch Deine Bildung unterscheidest. Erinnere Dich bitte, daß Du auf meine spezifische Erotik auch feindselig reagiert hast, Du hast dafür nur etwas ausgefallenere Worte gefunden. Erkenne endlich, in welcher Gesellschaft Du Dich bewegst!

Mein Bruder im Geiste bist Du nur auf dem Papier, nicht wirklich. Im Leben trennen uns Welten. Warum ich Dir dennoch schreibe? Das erläutere ich gern: Seit vielen Briefen schon heißt mein Adressat nicht Erik Wegner, sondern Detlev Dorn! Und denke bloß nicht, daß ich Dir brav jeden Brief, den ich in den letzten Wochen verfaßt habe, gegeben habe. Nach meinem Tod werden Dir meine Nachlaßverwalter Blatt für Blatt vorführen, daß ich Dir noch nicht einmal die Hälfte vorgelegt habe. Du wirst damit leben müssen.

So, nun habe ich mich lange genug mit dem Körnerpark-Debakel beschäftigt, man könnte meinen, daß es mich zutiefst bewegt hat, was nicht, nicht mehr, der Fall ist. Wie Phoenix aus der Asche bin ich aus dieser Episode meines Lebens gestiegen – geläutert und noch klarsichtiger.

In mir ist ein Gefühl von Abschied, in den großen Ferien werde ich in eine neue Phase treten. Neue Ufer warten auf mich, neue Menschen. *Tu verras!*

Georg Dorn, mein Erzeuger, ist mir ein guter Vater! Ich möchte das an dieser Stelle einmal festhalten, so etwas vergißt sich nämlich leicht, und jahrhundertelang muß gerätselt werden, ob ich nun eine glückliche Jugend hatte oder nicht.

Ich rufe der Nachwelt und den Nachgeborenen zu: Hatte ich!

Warum ich heute so mild-liebevoller Stimmung bin, will ich gern erzählen: Mein Vater hat mir vor zwei Stunden eine sehr professionelle Schreibmaschine geschenkt, eine bessere wird auch nicht der Feuilletonredakteur des »Tagesspiegels« haben. Die Maschine steht auf meinem Schreibtisch und sieht bedeutend aus. Auf ihr, denkt man, werden nicht schulische Aufsätze geschrieben, sondern Leitartikel, Polemiken, Rezensionen, Sendungen für Fernsehen und Rundfunk. Ein Schmuckstück ist dieses Gerät, und es hat mich versöhnt mit meiner Zeit, mit der Epoche, in der ich lebe – und zwar gern lebe! Die Technik, vernünftig eingesetzt, ist ein wunderbares Hilfsmittel, welches vieles erleichtert oder sogar erst ermöglicht. Meine Fortschrittsfeindlichkeit war nie echt, ich habe mit ihr nur den Einfluß widergespiegelt, den unser verehrter (das ist nicht nur ironisch gemeint) Klassenlehrer auf uns hat – oder HATTE! Wir verdanken dem guten Schröder einiges, aber ich gestatte mir, mich nunmehr von diesem ältlichen George-Jünger ein paar eigene Schritte zu entfernen. Der Kreis um den Meister ist eine Sache, die Jetztzeit eine andere! Der muß ich mich stellen, wenn ich in das Rad der Geschichte greifen will, was ich durchaus vorhabe. Meine Schreibmaschine hat mich aus dem elfenbeinernen Turm zurück in die Welt gelockt. Auf ihr werde ich zu den brennenden gesellschaftlichen Fragen Stellung nehmen – nicht breiig-soziologisch wie Stephan, sondern scharfsinnig-satirisch wie ein Kurt Tucholsky, den ich schon immer lieber gelesen habe als Fräulein Rainer Mariechen Rilke. Ich verleugnete Tucholsky, aber während ich von Lyrik, Lyrik, Lyrik säuselte, formte in mir dieser antibürgerlichste aller Schriftsteller meinen Verstand und meine Wahrnehmung. Sie ist eine andere, als in meinen Gedichtchen und Briefchen zu lesen. Schon wieder übertreibe ich: Meine bisherigen Schriften haben ihre Berechtigung, sind literarische Dokumente einer schwärmerischen Phase, die erlebt zu haben ich keineswegs bedauere. Aber nun werde ich nicht mehr Gereimtes mit Chinatusche auf Büttenpapier pinseln, nun werde ich zeitgemäß und modern auf der Tastatur meiner Schreibmaschine spielen – und dadurch wird sich natürlich alles ändern – das Gedachte und das Verfaßte! Es handelt sich übrigens – erwähnte ich es? – um eine TRIUMPH!

Stephan ist ein ganz klein wenig neidisch. »Warum der so ein Riesending von Schreibmaschine braucht ...«, maulte er, ließ sich aber von meiner fast kindlichen Freude anstecken. Mutter fiel wieder einmal in einen Zustand großer Gerührtheit ob des familiären Glücks, und Vater stellte eine leichtsinnige Großzügigkeit zur Schau, die ihm gut stand. »Mein Gott, Georg«, sagte Mutter, »die muß ja ein Vermögen gekostet haben!« Um alles noch schöner zu machen, übertreibt meine Mutter gern. Mein Vater entgegnete: »Mädchen, frag lieber nicht!«

Hab ich schon berichtet, daß ich zu Haus nur noch Rudolf Augstein genannt werde – wegen des Chefredakteuramtes? Vater jedenfalls präsentierte das Geschenk mit den Worten: »Für unseren lieben Herrn Augstein!«

Um mein Glück voll zu machen, wurde beschlossen, daß ich durchaus dreieinhalb Wochen ohne Eltern und Bruder allein in der Wohnung bleiben darf. Ich bekomme nicht nur mein Taschengeld plus Ferienbonus (immerhin verreise ich nicht, was schließlich Geld spart), ich erhalte zusätzlich noch Kostgeld, weil ich halt essen und trinken muß. Über die Höhe der Extra-Apanage wird in Stephans Gegenwart nicht geredet. Der würde tot umfallen. Stephan ist ein geldgieriger Mensch; wie gut, daß wir kein Vermögen haben. Mein genußsüchtiger Bruder hätte es mit seinen lockeren Weibern schon längst verpulvert, und wir darbten im Armenhaus!

Ich fasse zusammen: Der heutige Tag – ich werde ihn nie vergessen – hat mir eine Schreibmaschine beschert und die Zuversicht auf eine sturmfreie Bude.

Alle Menschen, die ich kenne und liebe, werden nicht in der Stadt sein. Erik ist verreist. Karin zieht es in die Fremde, Stephan ins Ausland, meine bescheidenen Eltern in die Alpen. Alle sind weg, nur ich werde in großer Ungebundenheit in meiner Berliner Wohnung thronen und mein nicht unerhebliches Bargeld zählen!

Jubel, Jubel, Jubel!

Vor ein paar Wochen noch hätte ich gleich ein Festgedicht geschrieben im pathetischen Rhythmus vergangener Stilrichtungen, heute ziehe ich mich extra toll an, stürme die Straßen runter und lasse mein Herz ganz wild schlagen!

Ich wiederhole: Jubel, Jubel, Jubel – und zwar hoch zehn!

Vom Zwang der Menschen, sich des Sommers zu entblößen

Äußerst profane Geschäfte, die nichtsdestoweniger unaufschiebbar waren, haben mich heute nach der Siesta aus dem Hause getrieben. Dies bei Temperaturen, vor denen ich sonst eher in die blaue Kühle meiner Gemächer fliehe.

Die Leihfrist einiger Heidegger-Bände aus der Bücherei war abgelaufen; es galt also, die Erhebung ruinöser Mahngebühren zu verhindern. Zu der Lektüre möchte ich mich an dieser Stelle nicht äußern, ich darf jedoch meine Befürchtung anklingen lassen, daß des Schwarzwaldphilosophen Denken mir nichts zu sagen hat. Heidegger scheint sich – um es einmal pointiert auszudrücken – auf dem Holzweg zu ergehen, namentlich in seinem gleichlautenden Werk. Wie gesagt, mehr dazu nicht; im Herbst wird es trübe Tage genug geben, trefflich geeignet für die eine oder andere philosophische Reflexion.

Heute aber möchte ich Stellung nehmen zu – ich darf den Titel dieser Betrachtung zitieren – dem Zwang der Menschen, sich bei dem dünnsten Sonnenscheinchen zu entblößen.

Die vier Stationen mit der U-Bahn waren heute, zur grauen Stunde des Berufsverkehrs, schlichtweg vier Stationen zuviel.

Ich habe Menschen schauen müssen, die fast alle Hüllen hatten fallen lassen, um nackte Beine, nackte Arme und Oberkörper, welche ebenfalls unzureichend kaschiert waren, zu – ganz bewußt benutze ich dieses Wort – exhibitionieren! Im allgemeinen versteht man unter einem Exhibitionisten einen Menschen, fast ausnahmslos einen Mann, welcher unter dem zwanghaften Drang leidet, sein Geschlecht der öffentlichen Anschauung zuzuführen. Diese armen, weil kranken Wesen werden von der Gesellschaft verachtet, und obendrein machen sie sich strafbar. Ich möchte nunmehr die berechtigte Frage aufwerfen, ob nicht auch all die U-Bahn-Passagiere das eine oder andere Gesetz übertreten haben?!

Die Lex Gusto, also das Gebot des Geschmacks, ganz gewiß, lautet mein Urteil; verschweigen wir gnädig, daß auch Schicklichkeit und Scham Begriffe zu sein scheinen, die von des Volkes Majorität nicht mehr beachtet werden. Offensichtlich darf sich in diesem Lande jeder alles herausnehmen, und Grenzen werden wohl nur deshalb gezogen, um frech und unbekümmert überschritten zu werden.

Woran liegt das?

Ich bestreite vehement, daß dies unserer parlamentarischen Demokratie anzulasten ist. Demokratie ist ein Wort aus dem klassischen Hellas, welches, ich sehe mich genötigt, daran zu erinnern, ein der Schönheit verpflichtetes Staatswesen war. Ein Koloß des Körperfetts, wie es Ludwig Erhardt ist, hätte dort schwerlich politische Karriere gemacht. Man ergehe sich nur in den Antikenabteilungen unserer Musentempel, um einen Blick auf die edlen Gesichter der Herrschenden zu werfen. Da unsere Museen öffentlich sind und jeden Hansel reinlassen, kann sich auch die Masse von der Richtigkeit meiner Auslassungen überzeugen.

Es denke nun bitte niemand, ich sei ein elitärer Misanthrop! Wer mich kennt, weiß, daß ich ein demokratischer Humanist bin und wieder und wieder, nicht zuletzt in etlichen Aufsätzen, die historische Tatsache preise, daß wir uns auf das, was man einen Gesellschaftsvertrag nennt, geeinigt haben, der besagt: Alle Menschen sind vor dem Gesetz gleich!

Vor dem Gesetz ja, vor mir jedoch nicht!! Diese harsche Aussage läßt mich mein zutiefst beleidigtes Auge treffen, welches heute in der Untergrundbahn, die ich gern als Abgrundbahn bezeichne, in die klaffenden Schlünde des Abstoßenden geschaut hat!

Ich habe die Häßlichkeit in all ihrer teuflischen Vielfalt gesehen, und ich war bestürzt über den Formenreichtum ihrer Erscheinungen. Wenn das die Natur des Menschengeschlechts ist, mußte ich denken, dann bedaure ich keine Sekunde lang, mich unnatürlich zu geben.

Ich könnte nun, zum Beweis meiner Feststellung, die entsetzlichen Körper und Körperteile schildern, die sich mir brutal in den Blick stellten, allein, ich weigere mich, meine Worte, meine Sprache für Unwürdiges herzugeben. Mein Leben soll, ich habe das schon mehrmals kundgetan, zwar ein solches großmütigster Verschwendung sein – Verschwendung aber ausschließlich an das Ideale, das Vollkommene, an das perfekt Gestaltete!

Alten Frauen, ich muß jetzt leider deutlich werden, sollte es strikt untersagt sein, kurzärmlige Blusen oder Kleider zu tragen. In appetitlich geführten Fleischereien wird schließlich auch nicht das welke Fleisch ins Schaufenster gelegt, sondern das junge und frische. Ich gestatte mir folgende – zugegeben radikale – Frage: Warum hat das nur für Schwein und Rind zu gelten, warum verfügt man das nicht auch für den Menschen?

Die fetten, wabbligen oder dürren, an zerknülltes Altpapier erinnernden Oberarme der Witwen und Rentnerinnen haben sich eingebrannt in meinen Augapfel; lassen wir die kalkweißen, wächsernen, unbehaarten, schlaffen Beine der Männer unerwähnt, welche durch das dreiste Tragen von Shorts ihrer Umwelt einen grausigen Tort antun.

Es gibt, wie bekannt sein dürfte, den Rechtsbegriff »Verstoß gegen die guten Sitten«. Wo, darf ich deshalb zu erfahren heischen, ist die Polizei, wenn man sie braucht? Warum werden die Exhibitionisten des Monströsen nicht unter Verschluß gehalten? Lieber sähe ich sie der Freiheit beraubt als meinen Schönheitssinn lebensbedrohlich verletzt!

Wenn kühle Temperaturen lange Beinkleider und ebensolche Ärmel erfordern, wenn die Sonne hinter den Mietskasernen und Wohnwaben untergegangen und das Licht gnädig ist, will ich das Unschöne, das Unjunge von Herzen auf den Straßen und Plätzen begrüßen. Ihr Menschen, befolgt nur brav Schicklichkeit und Scham, und auch euch wird das Flanieren auf dem Ku'damm gestattet sein. Drückt euch bescheiden an den Häuserwänden entlang, dann wird euch niemand sekkieren oder verhöhnen. Eine weitere Bitte habe ich an meine Zeitgenossen, die bis dato noch auftreten wie der welkfleischgewordene Affront:

Haltet euch bedeckt, verhüllt, versteckt in Kleidern verbergenden Zuschnitts. Und geht mir gefälligst aus den Augen, wenn euer müdes Blut kocht und der Altschweiß fließt. Es gibt nichts Delikateres als ein verschwitztes Bubengesicht, des Sommers auf dem Fußballfelde, aber der Knaben Transpiration gebiert nicht Tropfen, sondern Perlen!

Das Ekligste, was es auf Erden gibt, ist die teigig-talkige Achselhöhle einer alten Frau! Man wird mit ihnen unerbittlich konfrontiert, weil die Haltestangen und -griffe in der Abgrundbahn das Heben des Armes erfordern. Welcher Sadist, oder welcher Blinde, hat dieses Folterwerkzeug ersonnen?

Ich möchte meine kurze Abhandlung mit folgender Erklärung beenden:

Ich räume keineswegs nur der Jugend Lebens- und Verweilrecht ein! Ich habe aus der furchtbaren Geschichte gelernt, und ich werde der erste auf den Barrikaden sein, um den braunen Horden den Garaus zu machen, ich möchte aber gewährleistet sehen, daß mir die ältere und alte Generation nicht den schönen Frühling meines Seins verhagelt! Das wird man sich ja wohl noch wünschen dürfen ...

Ich entbiete allen Menschen über dreißig meinen ehrfurchtsvollen Gruß; ich erlaube mir jedoch, zu grüßen aus bekömmlicher Entfernung!

Es lebe die Freiheit!
Es lebe die Freiheit, welche am heutigen Sonntagmorgen um sieben Uhr fünfzehn anhub! Meine braven Eltern haben sich in aller Frühe auf den Weg nach Berchtesgaden gemacht – ohne mich! Ich wiederhole: *Sans moi, without me, sine me!*

Jetzt müssen nur noch endlich die großen Ferien beginnen, um mein Glück vollzumachen. Aber was soll die Ungeduld, genieße ich doch erst einmal die sturmfreie Bude, die so angenehm verwaiste Wohnung. (Auch Stephan, der sich wieder dreimonatiger Semesterferien erfreuen darf, ist schon fort. Der treibt sich irgendwo in Frankreich herum. Ich will nur hoffen, daß er sich nicht die französische Krankheit einhandelt!) Minutiös möchte ich schildern, wie ich diesen Sonntag gefeiert habe: Ich schlummerte bis kurz nach elf, sprang erwartungsfroh aus meinen Kissen und genoß die herrliche Stille in der Wohnung. Kein Mutterlaut, kein Vaterton, kein Bruderlärm! Das also ist das Paradies, dachte ich, eine Neuköllner Behausung, in der, ganz für sich und ungebunden, ein Jüngling von siebzehneinhalb Jahren in einem hübschen Sommerschlafanzug entspannt von Zimmer zu Zimmer geht.

Die Stille wurde mir schnell langweilig, und ich vertrieb sie mit dem Abspielen einiger LPs. Logischerweise habe ich ausschließlich Stephans Platten aufgelegt, an die ich sonst nur nach kniefälligen Bitten und Deponierung eines Zwanzigmarkscheins komme. Sollte ich jemals, so pflegt mein grober Bruder zu drohen, eine seiner heißgeliebten Scheiben verkratzen, wird er das Pfandgeld einbehalten, um sich davon die gleiche Platte noch einmal kaufen zu können.

Welch eine Welt des entgleisten Materialismus enthüllt sich in einer solchen Haltung; man geniert sich fast der

Blutsverwandtschaft zu dieser Krämerseele. Sei's drum, sie war aus dem Haus, und alle Mäuse tanzten auf dem Plattenteller. Ich bitte, das wörtlich zu verstehen: Ich tanzte nämlich, nur noch in dem knappsten meiner Slips, durch die ganze Wohnung. Mein Tanz versöhnte Ballettanmut mit jungmännlicher Kraft, war sowohl zierlich als auch sportlich. Ich behaupte keineswegs, der wiedergeborene Nijinski zu sein, aber meine Bewegungen hätten sicherlich mit ihrer frischen Fröhlichkeit die Herzen und Augen der Menschen bezaubert. Was für ein Auftritt! Die Lautsprecher dröhnten, Mick Schönlippe Jagger stöhnte, und ich derwischte über den Flur.

Nun bin ich, glaube ich, eine Erklärung schuldig. Sie liest sich wie folgt: Wer meine Poesie kennt und meine als Briefe an einen Klassenkameraden getarnten bisherigen Lebenserinnerungen, wird vielleicht meinen, ich hörte den lieben langen Tag nichts anderes als Schubert, Wagner und Mahler. Dem ist mitnichten so! Ich wache keineswegs mit der »Unvollendeten« auf, speise nicht zu den »Kindertotenliedern«, schlafe nicht ein bei »Tristan und Isolde«.

Ich gebe mich, zugegebenermaßen, gern ein wenig klassisch, aber mit einem zweiten Blick wird man erkennen, daß hinter dem manieristisch hüstelnden Poeten ein kerngesunder, moderner Teenager steht, der für die Rolling Stones morden würde. Nun, da ich mit der Wahrheit über mein wirkliches Ich herausrücke, zögere ich nicht länger mitzuteilen, daß ich Mick Jagger – mit freiem Oberkörper und knallengen Samtjeans – sehr erotisch finde; nein, nehmen wir kein Schamblatt vor den Mund: Ich finde ihn absolut und ultimativ supergeil!

Mick Jagger, habe ich letztens notiert, sieht aus wie der freche Junge, mit dem zu spielen alle Muttersöhnchen sich erträumen, nachts, wenn die Hände unter die Bettdecke schlüpfen. Mick ist animalisch wild, ist ein ungeschliffener Edel-Stone, ist die personifizierte Verhöhnung aller kränklichen Rilke-Leser!

Ach, seine Lippen! Seine vollen, feuchten, fordernden Lippen!!

Die sollte ich bedichten – und nicht meine Begabung verschwenden an einen zimperlichen Weiberfreund namens ... Erich Wagner ... Ernst Weber ... oder hieß er gar Erik Wegner? Pardon, der Name dieses asexuellen Hasenfußes ist mir leider, leider nicht mehr geläufig.

»Deine geilen Lippen, Mick«, so sollte die erste Zeile meines Preisgedichts lauten, aber auf Mick fällt mir immer das unschöne Wort fick ein, welches ich, bei aller Modernität und Freimütigkeit meines Denkens, im passiven Wortschatz belassen möchte, will sagen: Noch nie habe ich in meinem Leben, zu Karin etwa, gesagt: »Laß uns ficken!« Das kann man anders formulieren, obwohl Mick Jagger sicherlich ganz oft *»Fuck you!«* und ähnliches von sich gibt. Aber er ist halt ein weltberühmter englischer Rockmusiker und ich ein weitgehend unbekannter deutscher Gymnasiast.

Zurück zum Sonntag der Befreiung aus babylonischer Gefangenschaft: Ich tanzte und tanzte, sang lauthals mit, kam ins Schwitzen und riß mir, einem spontanen Einfall folgend, die Unterhose vom Leib. Ich wischte mit ihr den Schweiß von Gesicht, Brust, Geschlecht und drückte sie mir dann, wiederum kam es zu einer Tat ohne Überlegung und Planung, auf die Nase.

Ich roch mich – und ich roch die ewige, unsterbliche, göttergleiche Jugend.

Vor zwei Jahren, das schiebe ich jetzt mal schnell ein, ist mir in Berchtesgaden im Schwimmbad meine Unterhose geklaut worden. Heute weiß ich, warum! Irgendein duftversessener Lüstling wollte sich damit stimulieren, solches Verhalten gehört in den Bereich des sogenannten Fetischismus, eine der unergründlichen Erkrankungen der Seele. Daß sich eine bayrische Biernase mit meinem Slip verlustiert, finde ich komisch. Daß es mir schmeicheln könnte, glaube ich eher nicht.

Also: Nun war ich splitternackt, kein Fädchen verbarg meinen erhitzten Körper, und kühle Winde, die durch das Fenster wehten, erquickten mich wie ein Bad in frostigem Deutz & Geldermann. Wenn man bedenkt, daß ich gerade eine Erkältung hinter mir habe, war das vielleicht ein wenig leichtsinnig. Dieser Gedanke kam mir jedoch nicht. Ich führte vielmehr der Wohnung meine Nacktheit vor. Merkwürdigerweise stellte ich mich sogar in die enge Speisekammer, als wollte ich auch dem geringsten der Räume das Geschenk meiner Blöße machen.

Ich weiß sehr wohl, daß im Bereich der Medizin, anders als in der Kunst, Narzißmus als Krankheit angesehen wird. Mit diesem Leiden, meine Herren Professores et Doctores, will ich gerne noch ein paar Jährchen leben.

Es versteht sich von selbst, daß ich auf diesen exhibitionistischen Akt mit sexueller Erregung, mit – volkstümlich gesagt – einem Steifen reagierte, was von jemandem meines Alters erwartet werden darf.

Wenn es einen Song gibt, der alle Wahrheit über mich offenbart, dann ist es *»I can't get no satisfaction«*. Das ist mein Lebensmotto, und jedes weitere Wort ist überflüssig. Ich kenne die Befriedigung nicht! In mir brennt und tobt eine unstillbare Leidenschaft, eine verzehrende Fleischeslust und eine gigantische Sehnsucht. Ich bin die Inkarnation des unstillbaren Hungers nach einem wilden Leben. Ich bin das andere Wort für Gier, das Synonym für Maßlosigkeit.

Darüber mag man lächeln oder voller Entsetzen den Kopf schütteln, *sorry*, hier stehe ich und kann nicht anders. Die Zeit der gefälligen Lügen und des rücksichtsvollen Versteckens ist vorbei:

»I can't get no satisfaction!«

Daran werde ich zugrunde gehen – und nicht an dieser laienspielhaften *décadence*, mit der ein gewisser E. W. von seiner öden Normalität abzulenken versucht. Ich habe bis dato ein Leben steter Verleugnung geführt, und auch jedes geschriebene Wort ridikulisiert mein wahrhaftiges Ich. Da schreibe ich, peinlich selbstverliebt, ein Gedichtchen nach dem anderen, als wäre Zentrum meines Lebens die Poesie – und nicht mein Penis.

Man stelle sich vor, es fiele eine Bombe auf unser Haus und würde alles und alle vernichten – nur meine Briefe nicht und meine Gedichte. Die Leute würden sich doch – zu Recht – bei der Lektüre einen Ast lachen. Da schreibt ein blutjunger, blutvoller Siebzehnjähriger, daß er nur noch dem hehren Geist leben und alles Körperliche überwinden wolle! Das ist doch der Feder eines Spinners entflossen, der zuviel liest; so ein verzärteltes Bürschchen kann einem eigentlich nur leid tun. Unglaublich!

Bin ich blöde, mich an einen katholischen Lustfeind zu hängen, der nach dem Wichsen neunundneunzig Rosenkränze betet? Bin ich von Sinnen? Meine Bildung ist – für einen Teenager – ungeheuerlich, und ganz bewußt benutze ich dieses Adjektiv! Meine Ungeheuer sind die toten Dichter, die meinen heißen Lebenssaft aussaugen wollen, um gestärkt als Untote in den Stadtbüchereien süßen kleinen Bücherwürmern aufzulauern!

Ich aber bin kein Wurm, und nicht länger werde ich meine besten Jahre vergeuden mit den Duineser Elegien. Ich muß total bescheuert sein! Ja, ja, ich habe mich früher vornehmer ausgedrückt, aber die Zeit der Jamben ist vorbei (im übrigen trinke ich gerade eine Flasche Wein). Den Rhythmus meiner Zeit schlägt Mick Jagger an, statt Metrik knallharter Beat!

I can't get no satisfaction, aber ich werde alles, ausnahmslos alles versuchen, sie mir zu verschaffen. Niemand stelle sich mir in den Weg, hört ihr, niemand! Sonst fließt Blut!!

Aus dem Weg, Moral, Stein auf meinem Wege, aus dem Weg, Konvention, Gesetz, Anstand und Anpassung. Nieder mit euch, ihr Barrikaden der Bürgerlichkeit! *Fuck you*, Erziehung! Die Mauern nieder, nieder die Mauern!

Ich breche aus! Ich komme!

Stop! Runterschalten! Abbremsen! Alle Maschinen Stop!

Ich muß innehalten, weil ich schon wieder einmal den Fakten davonbrause und durchdrehe. Ich darf mich daran erinnern, daß ich einen detaillierten Bericht meines Tages der Befreiung liefern wollte und nicht schwülstige, pathetische Reden, der Welt ins Gesicht geschleudert. Die sich einzig auf dem Papier austobende Glut muß endlich abkühlen, was nicht so einfach ist, weil ich halt zum Räsonieren und Reflektieren im großen Stile neige. Dies ist wohl auf meine stürmerische Intelligenz zurückzuführen, welche in hohem – und oft hohlem – Ton eine Weltdeutung an die andere zu reihen beliebt.

Ich gedenke, mich künftig im Duktus der amerikanischen Realisten zu äußern; sie sind mir mindestens so vertraut wie der Comte de Lautréamont und die Gesänge des Maldoror. Meine Vertrautheit mit John Dos Passos und Sinclair Lewis habe ich bisher aus einem bemitleidenswerten schülerhaften Snobismus verschwiegen, vorgebend, mich permanent auf dem »Teppich des Lebens« zu suhlen.

Es ist die amerikanische Literatur ein leuchtender Stern in meinem geistigen Kosmos. Ich gehöre nach Manhattan – nicht nach Worpswede! Doch ich schweife ab.

Höhepunkt meines Freiheitstanzes war, in aller Offenheit sei es hier vermerkt, das Onanieren vor dem Spiegel der Flurgarderobe. Aug in Aug mit mir selbst umfaßte ich mein hartes Glied, das ich mit fiebrig-wilden Bewegungen stimulierte. Ich hätte in den Spiegel springen und mich abküssen können! Warum, heulte ich auf vor schmerzender Lust, gibt es mich nicht zweimal? Den Göttern wäre es ein leichtes, meinem Spiegelbild Leben einzuhauchen. Blut, Samen, Haut, Haar und Muskeln. Erlöst es endlich aus dem Rahmen, damit es mich brüderlich und liebhabermäßig umschlinge! Es ist von tiefer Trauer, dachte ich, so gefangen, so eingekerkert zu sein in einsamer Einmaligkeit.

Selbstverständlich habe ich einige dieser Gedanken erst nach dem Akt des Masturbierens formuliert, da ich in dessen Verlauf hinuntergestiegen war aus dem Kopf in mein

Glied. Kurzum: Ich habe noch nie in meinem Leben so geil gewichst! Ich war, um es philosophisch auszudrücken, ganz bei mir.

Meinen Samen schleuderte ich in hohem Bogen gegen den Spiegel, und keuchend sah ich, wie tränenförmige Tropfen mein Bild verschönten. Der Spiegel schien von einer kindlichen Kleckserei mit Tapetenkleister zu erzählen; er behielt die Unschuld des kühlen Glases.

Mich würde brennend interessieren, ob Stephan, dieser angebliche Potenzbrocken, auch schon mal ein derartiges Erlebnis – man liegt wohl nicht gänzlich falsch, es eine Orgie der Selbstliebe zu nennen – hatte. Wie gesagt, Karin und ich haben letztens ebenfalls erotische Spiegelfechterei betrieben, aber dabei fand ich nicht zur vollen Konzentration auf mich, ich mußte mich halt um Karin kümmern, sozusagen.

Heute (beziehungsweise gestern, der Montag ist just angebrochen) war ich einzig und allein auf mich fixiert. Ein unerhörter Wahnsinnsplan schoß mir in den Kopf: Ich werde die nächsten drei, vier Wochen, bis zur Rückkehr meiner Familie, nur noch vor dem Spiegel onanieren und ihn bei jedem Orgasmus mit meinem Ejakulat »besudeln«. Ich stelle mir vor, daß er von Mal zu Mal blinder wird, immer weniger von meinem Bild zeigt, um endlich auszusehen wie Milchglas, das nichts mehr reflektiert. Ich würde gleichsam verschwinden und hinter einem Vorhang aus Samenperlen in eine unbekannte Welt treten, in der ich nicht mehr mich begehren muß, weil dort Tausende von Gleichartigen und Gleichaltrigen auf mich warten, weil dort ein jeder seinen Freund und Geliebten findet. Da wird nicht mehr masturbiert bis zur Debilität, da wird geliebt von Mensch zu Mensch, und mein Ich wird einem Du begegnen!

Auf diesen Tag lebe ich hin, denn ich reiche mir nicht mehr, da ich mich zu gut kenne. Groß ist mein Wissen über mich – und es ist, im wahrsten Sinne des Wortes – erschöpfend. Ich kann in mir kein Geheimnis mehr entdecken, alles über mich ist nunmehr gesagt und geschrieben. Die Gipfel und Abgründe meines Seins sind mir vertraut wie das Berliner U-Bahn-Netz. Jede Station meines Lebensweges kenne ich bei ihrem Namen – und der Okzidentexpreß meiner Existenz, möchte ich scherzhaft sagen, hat schon viele interessante Ziele angefahren. Ab heute jedoch werden andere Gleise gelegt: Schneisen des Neuen, Trassen des Unerhörten, Bahndämme der Anmaßung!

Ich vergaß: Stop! Runterschalten! Abbremsen ...

Meinen Wahnsinnsplan habe ich natürlich nicht ausgeführt, brav habe ich den Spiegel mit Sidolin geputzt, weil mich plötzlich die Vorstellung quälte, Bruder Hein könnte des Nachts mich holen kommen. Es wäre mir entschieden peinlich, wenn meine weltliche Hinterlassenschaft aus einem vollgewichsten Garderobenspiegel bestünde.

(Daß ich mich in wenigen Stunden, der Montag geht in seine zweite Stunde, im Dürer-Kerker einzufinden habe, trübt mein helles Glück aufs düsterste. Dieses Jahr lassen die Ferien wirklich auf sich warten.)

Schluß für heute! Mir fällt der Kopf schon auf die Schreibmaschine. Kurzer Nachtrag: Logischerweise ist Karin am späten Nachmittag zu Besuch gekommen, und logischerweise haben wir die sturmfreie Bude von unseren Lustschreien erzittern lassen. Es ist merkwürdig, ich fühle mich, befreit von den familiären Zwängen, wie neugeboren. Karin jedoch scheint in mein abgelegtes, überwundenes Leben zu gehören. Nur aus Sentimentalität, um alter Zeiten willen, habe ich sie noch einmal, *une dernière fois*, körperlich geliebt. Meine Lust zu ihr – zu allen Mädchen – ist gestorben! Das weibliche Geschlecht, ich verdanke ihm einige Zerstreuung, ist die Asche, aus der ich am gestrigen Sonntag gestiegen bin.

Den lahmen Enten der Normalität wünscht eine gute Nacht:

Phoenix, der Schöngefiederte, der die Welt im Fluge nimmt!!!!

Ich habe einen Freund. ICH HABE EINEN FREUND!

Das ist der schönste Satz, den ich je geschrieben habe!

Ein Wunder ist geschehen – DAS WUNDER!

Am letzten Schultag vor den großen Ferien, das ist jetzt genau eine Woche her, bin ich am späten Abend meinem Freund und Geliebten begegnet. Er heißt Kevin, ist fünfzehneinhalb Jahre alt; besucht die neunte Klasse einer Realschule – und er ist von goldener Schönheit!

Ich weiß, von Schönheit fasele ich seit Urzeiten, und aus meinem Munde mag das Wort abgegriffen klingen. Nur, wie soll ich Kevin sonst beschreiben? Bildhübsch geht nicht, weil er kein Bild ist, sondern ein lebendiger Mensch, ein wirkliches Wesen. Auch traumhafter Jüngling verbietet sich aus obigem Grunde. Kevin ist kein Traum, und er ist kein Jüngling; er ist ein richtiger Junge aus Fleisch und Blut und nicht die Abbildung einer Statue aus der Kunstgeschichte.

Kevin lebt!

Kevin liebt mich!

Kevin ist heute mittag in die Ferien gefahren.

Nun habe ich drei Wochen Zeit, mich auf unser Wiedersehen zu freuen, und einen jeden Tag dieser drei Wochen werde ich ihn in Gedanken und Verlangen begleiten. Jeden Abend um zehn wollen wir ganz intensiv aneinander denken, das haben wir uns versprochen.

Merkwürdigerweise habe ich Kevin noch kein Gedicht gewidmet, keinen Brief zugesteckt. Durch ihn werde ich aus der schalen Kunst ins pralle Leben getreten sein. Nicht länger muß ich mich an Poesie und Musik berauschen, ich bin erfüllt von menschlicher Liebe, die sich nicht auf dem Papier abspielt!

Am Abend des letzten Schultages veranstalteten wir im Musiksaal des Albrecht-Dürer-Gymnasiums eine Klassenfete. Die Mädchen sorgten für einen Imbiß, die Jungen für die Getränke. Von der Obrigkeit war uns in großmütigster Ferienlaune der Genuß von Rotwein gestattet worden. Unser allseits verehrter Klassenlehrer wachte kritisch-gütigen Blicks darüber, daß aus der Pennälerparty kein byzantinisches Bacchanal wurde.

Karin nahm nicht teil, weil sie bereits am Nachmittag mit ihrer Mutter an den Bodensee gereist war. Ich habe die beiden zum Bahnhof gebracht und Karin mit einem langen Kuß verabschiedet.

»Wird mein gestrenger Herrscher mir auch treu bleiben?« fragte sie. Und ich antwortete: »Fatima, außer dir wird es keine andere Frau in meinem Leben geben, so wahr mir Allah helfe!«

Karin guckte mich tief an und sagte: »Ich glaube, ich weiß, wie du das meinst.«

Karin ist ein wunderbarer Mensch von hoher Sensibilität, schade, daß sie kein Junge ist!

Das Fest ging bis zweiundzwanzig Uhr dreißig beziehungsweise bis zweiundzwanzig Uhr, weil wir noch eine halbe Stunde aufräumen mußten. Vor der Schule haben wir Abschied genommen unter lauten Grüßen und Wünschen, und jeder umarmte jeden. Selbst Herr Wegner mich!

Da die Sommernacht sehr mild war, beschloß ich, nach Hause zu laufen. Ich ging die Emserstraße herunter bis zur Karl-Marx-Straße. Gerade als ich sie überqueren wollte, stieg aus dem U-Bahn-Schacht ein Junge, den ich sofort erkannte. Es war Kevin!

Es war genau der Junge, den ich seit zweieinhalb Jahren fast jeden Morgen auf dem Schulweg treffe, meistens in der Kirchhofstraße. Seit dieser Zeit besucht er nämlich die Schule am Richardplatz – und seit dieser Zeit ist er immer in meinem Kopf herumgespukt! Quasi unter meinen Augen ist er vom Kind zum Jungen gereift, vom – hier darf ich das ruhig sagen – Knaben zum Jüngling.

Schon als er erst zwölf oder dreizehn war, gefiel er mir, aber er war halt so jung, daß ich ihn nur mit ästhetischem Interesse betrachtete – obwohl das eigentlich nicht ganz ehrlich ist. Wenn er mir im Sommer in seinen knallengen kurzen Hosen entgegenkam, wurde mir jedes Mal siedend heiß, und jedes Mal bekam ich einen roten Kopf. Schon lange bevor wir auf gleicher Höhe waren, hatten wir Blickkontakt, wir schauten uns immer an mit großen, großen Augen. Nie lächelten wir, wir waren ganz ernst. Heute denke ich, daß unsere Blicke auch verzweifelt waren, weil das, was sie verlangten, nie wahr werden würde.

Ich habe morgens oft gebetet: Lieber Gott, laß bitte den Blonden – so nannte ich ihn in Ermangelung des Namens – auch zur ersten Stunde müssen. Und jedesmal, wenn ich in die Kirchhofstraße bog, schlug mein Herz wie wild. Und dann sah ich ihn: Die Sonne im Rücken, kam er die Straße herunter, und um ihn war wirklich Glanz und Gold. Manchmal dachte ich, da kommt Heliogabal, der Sonnengott.

Schon von weitem wußte ich, daß auch er mich gesichtet hatte. Ging er allein seines Schulweges, drehte ich mich sogar nach ihm um, er übrigens auch. Um dies unauffällig zu tun, gab ich immer vor, ich hätte etwas verloren oder auf der Straße entdeckt; diesen Trick durchschaute der Blonde selbstverständlich – und mit ihm gewiß die ganze Straße –, und jedesmal lächelte er mir zu wie einem heimlichen Verschwörer.

Nun ist es an der Zeit, Kevin, meinen Geliebten und Freund, zu beschreiben: Er ist, wie gesagt, noch keine sechzehn, für sein Alter jedoch körperlich schon sehr weit entwickelt. Groß ist er nicht, er mißt 164 Zentimeter, ich bin also fünf Zentimeter größer als er. Ich weiß das so genau, weil wir uns gestern vermessen haben, von Kopf bis Fuß, das Geschlecht nicht schamhaft auslassend!

Kevins Statur ist erstaunlich kräftig, er hat muskulöse Beine, die blond behaart sind, an den Oberschenkeln jedoch noch nicht. Sein Oberkörper ist glatt, weich und wiederum auch fest und hart. Er hat deutlich ausgeprägte Brustmuskeln und dunkle Brustwarzen, die männlich aussehen. Seine Augen sind braun, ins Bernsteinfarbene spielend, seine Wimpern sind dicht und dunkel. Kevin hat die blondesten, wildesten, dichtesten Locken, auf die je die Sonne schien! Seine Lippen sind voll, seine Oberlippe hat einen schönen Horizont (dieses Bild kommt mir eben in den Sinn), rosa ist sein Mund, und er fühlt sich an wie Samt, wie auch sein ganzer Körper samtig ist.

Seine Schamhaare sind ebenfalls goldblond und sehen aus wie ein güldener Busch – jedenfalls muß ich das immer denken. Sein Glied ist hellhäutiger als meins, und es ist wohl das Zarteste, was man berühren kann. Wenn ich das tue, ist mir heilig zumute. Fast auf den Millimeter ist es so breit wie meins, wenn auch noch nicht so lang.

Ich glaube, Kevin ist mit einem Steifen auf die Welt gekommen; er will immer. Bevor er mir zur Begrüßung die Hand schüttelt und einen Kuß gibt, greift er mir zwischen die Beine. Ich sage immer zu ihm, er sei der geborene Lustknabe. Dem stimmt er zu. Sex, Sex, Sex – das ist sein Leben. Meines nicht minder! Wie ich ihn liebe, wie ich ihn begehre; ich könnte bersten vor Glück, hinausschreien in die Welt möchte ich es. Der »Tagesspiegel« und die »Bild« müßten in riesigen Lettern von mir und Kevin erzählen, und die erste und letzte Nachricht der »Tagesschau« müßte lauten: Kevin liebt Detlev, Detlev liebt Kevin. Ereifern wir uns jedoch nicht! Weiter im Protokoll: In der letzten Woche haben wir uns, bis auf Mittwoch, jeden Tag gesehen und jeden Tag Liebe gemacht. Mehr als ein Dutzend Orgasmen haben wir miteinander erlebt, Orgasmen von unvergleichlicher Intensität. Die körperliche Liebe habe ich erst durch Kevin kennengelernt, alles, was vorher war, war schal, lau und flau. War Notbehelf! (Karin, verzeih!!)

Zurück zu unserer Begegnung am Bahnhof Neukölln: Kevin kommt die U-Bahn-Treppe hoch, sieht mich sogleich, erkennt mich natürlich und fängt an, breit und frech zu grinsen. Da die Ampel rot war, standen wir eine halbe Minute nebeneinander am Straßenrand. Kevin schaute nach links, ich schaute nach rechts, aber mit unseren Augen im Hinterkopf verschlangen wir uns, das war deutlich zu spüren. Sonnenklar war auch, daß jetzt was passieren würde, etwas, das wir seit Jahren geahnt und erhofft hatten.

Als die Ampel auf Grün schaltete, überquerte Kevin die Straße, wohl ein wenig verwundert über mein Verweilen. Ich blieb nämlich stehen und zündete mir umständlich und zeitaufwendig eine Zigarette an. Das war ziemlich clever von mir, denn nun ging Kevin vor mir und bestimmte den weiteren Verlauf beziehungsweise das Ziel unseres überraschenden Treffens.

Neben dem S- und U-Bahn-Eingang Neukölln gibt es einen Flachbau, in dem eine Kneipe ist und eine Fahrschule. Dieses Gebäude endet in einer öffentlichen Bedürfnisanstalt. Auf der gegenüberliegenden Seite, wir halten uns nunmehr in der Saalestraße auf, ist wiederum ein Flachbau, in dem sich an der Ecke Wipperstraße eine Eisenwarenhandlung befindet. Dies zu den Örtlichkeiten. Die Zeit: zweiundzwanzig Uhr fünfundvierzig. Die Temperaturen mild, die Luft lind, der Himmel sternenklar. Auf der Straße wenig Menschen. Mein Befinden: erregt, aufgewühlt, verrückt, schwindlig – mit einem Wort: trunken! Ich spürte meine Knie, und ich schwitzte wie nach dreißig Liegestützen. Mein Mund war ausgedörrt, und die Camel schmeckte wie Stroh.

Zu unserer Kleidung folgendes: Kevin steckte in einer beigefarbenen Cordjeans, die skandalös eng war (damit würden mich meine Eltern nicht auf die Straße lassen). Ferner war er bekleidet mit einer kurzen moosgrünen Jacke, die ein bißchen mädchenhaft aussah, farblich aber recht gut zu Hose und Schuhen (Leinen, braun) paßte. Unter dem

Jäckchen trug er, wie eine zweite Haut, einen roten Nicki. Das alles hatte ich im Bruchteil einer Sekunde wahrgenommen. Man darf sagen, daß Kevin aufreizend, wenn nicht gar provozierend gekleidet war – als hätte ihn ein Päderast aus der Modebranche beraten.

Er sah in seinem Aufzug nackend, total nackend aus, daher mein Schweißausbruch. Ich selber war ganz in Weiß und Blau – vor einer Woche hätte ich noch gesagt: Ich war gewandet in den Farben Goethes. Mit solcher Rede mache ich mich jedoch lächerlich bei Kevin, der schon mehrmals, nur halb im Scherz, mich ein arrogantes Arschloch nannte! Nachdem Kevin die Karl-Marx-Straße überquert hatte, lenkte er seine Schritte – äußerst zielstrebig! – zu der öffentlichen Bedürfnisanstalt. Bevor er im Pissoir verschwand, drehte er sich noch mal um und schaute mir in die Augen. Das war ein merkwürdiger Blick, auffordernd und lockend, erschrocken und ängstlich. In dieser Sekunde begriff ich, was es mit den Pissoirs auf sich hat: Dort treffen sich die Homosexuellen! Mit einem Mal wußte ich, dort kann man hingehen mit seiner Geilheit!

Wenn ich unterwegs pinkeln mußte, habe ich auch öffentliche Toiletten aufgesucht. Was dort abläuft, habe ich aber einfach nicht mitbekommen! Ich stellte mich an die Pißrinne, urinierte und guckte verlegen auf meine Schuhspitzen. Falls andere Männer anwesend waren, beachtete ich sie nicht. Unglaublich naiv dachte ich, auch sie würden nur ihre Notdurft verrichten. Ich bin offensichtlich mit Blindheit geschlagen. Bis vor einer Woche wußte ich nichts, absolut nichts von den sogenannten »Klappen«!

Kevin vergnügt sich dort schon seit zwei Jahren, seit seinem vierzehnten Lebensjahr läßt er sich in der Öffentlichkeit dieser Einrichtungen einen runterholen, blasen … und was man sonst noch machen kann im Stehen. Als hinter ihm die Toilettentür zuschlug, war mir natürlich sofort alles klar. Ich war furchtbar aufgeregt, aber zu scheu, ihm zu folgen. Das ging einfach nicht, diesen Schritt konnte ich nicht tun. Gestern erotisch getönte Schwärmereien von Orplid und neuem Reich – heute Sex in einer Bedürfnisanstalt. Nein, nicht mit mir! Jünglingsliebe und Uringeruch – ohne mich! Unvorstellbar, daß ich den blonden Engel meiner Träume vor einer vollgepißten Kachelwand berühren würde. Das ist doch kein Ort, an dem man sich verlieben, küssen und streicheln kann! Ich war echt verwirrt!

Ich stellte mich wartend vor das Schaufenster der Eisenwarenhandlung und vertiefte mich in die wahnsinnig interessante Auslage. Schrauben und Muttern, Zangen und Gartenschläuche fesselten meine Aufmerksamkeit; wer mich beobachtete, muß mich für einen leidenschaftlichen Heimbastler gehalten haben. In der Schaufensterscheibe jedoch spiegelte sich die Klappe, was mir erlaubte, sie unauffällig im Auge zu behalten. Ich wußte, dort steht jetzt, mit einem Steifen, der Blonde und wartet auf mich. Ich, natürlich ebenfalls erregt, müßte nur fünfzehn oder zwanzig Meter zurücklegen, um neben ihm zu stehen und das zu tun, wovon ich seit zwei Jahren in meiner Phantasie träume.

Ich hatte wirklich Angst, mir würde das Herz zerspringen und der Kopf bersten!

Endlich öffnet sich die Tür, und suchenden Blicks tritt Kevin auf die Straße. Er sieht mich, kommt auf mich zu, stellt sich neben mich und fährt mit der rechten Hand in seine Hosentasche, um sein Glied zu massieren. Wir gucken uns an, er sagt: »Wir kennen uns auch schon ewig, stimmt's?« Ich sage: »Stimmt.« Er zwinkert mir zu und sagt: »Komm!«

Wir biegen in die Wipperstraße, am ersten Hauseingang bleibt er stehen, schließt die Tür auf und flüstert: »Wir gehen auf den Boden, aber sei leise!« Wir schleichen uns hoch, die Bodentür ist verschlossen, drum bleiben wir auf dem Treppenabsatz stehen; relativ sicher, denn nachts um elf wird ja wohl niemand hier Wäsche aufhängen wollen. Durch eine Dachluke fällt ein Lichtstrahl, in den wir uns stellen. Kevin sagt: »Damit man was sieht.« Die Treppenhausbeleuchtung erlischt, Kevin zieht den Reißverschluß von meiner Hose herunter und holt mein Glied raus, ich tue es ihm nach. Unsere Jeans rutschen zu den Knien, Kevin zieht seine Jacke und den Nicki aus, ich folge ihm. Wir sind fast nackt, wir küssen uns und fahren uns durchs Haar, unsere Unterkörper reiben sich aneinander, ich spüre Kevins Schwanz – ich möchte sterben. Endlich, denke ich, flüstere es ihm ins Ohr: »Endlich!«

»Ja«, sagt Kevin, »das hat echt gedauert mit uns!«

Das Licht geht an, jemand kommt nach Hause, Kevin legt einen Finger auf die Lippen und signalisiert mit den Augen: Keine Gefahr!

Ich schaue ihn an. Er ist so schön, daß mir fast die Tränen kommen. Auch er betrachtet mich aufmerksam. Plötzlich nimmt er meine Hand und legt sie an sein Herz, es schlägt wie toll! Es kommt mir vor, als würde sein Blut in meines fließen, als hätten er und ich einen Blutkreislauf. Wie sein Herz gegen meine Hand pocht ...

Es ist wieder dunkel im Treppenhaus. Wir küssen uns nicht, wir beißen uns. Überall sind unsere Hände und Münder. Ich schmecke Kevin, schmecke alles von ihm. Als ich vor ihm niederknie, weiß ich, daß ich siebzehneinhalb Jahre auf diesen Augenblick zugelebt habe, daß mein bisheriger Lebensweg nur diesen Jungen zum Ziel hatte. Dieses Glied!

Nun bläst Kevin mir einen. Ich greife mit beiden Händen in seine Locken, bewege seinen Kopf schnell hin und her. Aufschreien möchte ich, doch ich stöhne nur leise. Kevin sagt: »Komm!« Er schluckt meinen Samen. Wir küssen uns, trinken unseren Speichel.

Kevin sagt: »Ich muß jetzt gehen.«

Er bringt mich runter zur Haustür. Da die Straße verwaist ist, küssen wir uns zum Abschied. Auf einen alten Fahrschein schreibe ich unsere Telephonnummer.

»Ruf mich morgen an«, sage ich, »meine Eltern sind verreist.«

Kevin lacht: »Wie praktisch! Ich besuch dich morgen, okay?«

»So«, sagt er, »jetzt muß ich hoch. Meine Mutter wird sonst sauer. Wie heißt du eigentlich?«

»Detlev. Und du?«

Kevin kichert: »Ich heiße Deetlev, und wie heißt du?«

Kühl sage ich: »Den blöden Witz kenne ich auch.«

Kevin schmiegt sich an mich: »Kevin. Ich heiße Kevin.«

Er verschwindet im Hausflur, schließt die Tür von innen ab und winkt mir zu. Ich schaue ihm nach, wie er die Treppe hochrennt. Ich sehe den schönsten Jungen der Welt – und in seinem Körper ist mein Samen. Wahnsinn!

Ich könnte sterben vor Glück! Leben vor Glück!!

(Ende des Protokolls meiner ersten Nacht mit Kevin D.)

Es ist gleich zehn. Gleich wird er an mich denken.

Er, Kevin, mein Freund und Geliebter!

Ich schreibe nicht mehr – ich lebe!

Warum soll ich dichten, wenn ich jederzeit Sex haben kann? Ich durfte feststellen, daß die öffentlichen Bedürfnisanstalten rund um die Uhr von liebeshungrigen Männern frequentiert werden. Die Homosexuellen schlafen nie, und vierundzwanzig Stunden am Tag lenkt die Geilheit ihre Wege.

Vor zehn Tagen habe ich das letzte Mal an der Schreibmaschine gesessen; das Protokoll meiner Begegnung mit Kevin ist also das letzte literarische Produkt, das ich für lange Zeit vorlegen werde. Adieu, ihr Sonette und Oden, ihr Reflexionen und Briefe! Adieu, Wort! Willkommen, Lust!

Über Kevin zu schreiben hatte mich derart erregt, daß ich nachts um elf noch aus dem Haus ging, um Luft zu schnappen. Mir war natürlich klar, daß ich etwas ganz anderes zu schnappen begehrte. Wo also landete ich? Jawohl, ich landete in der Saalestraße an meiner Lieblingseisenwarenhandlung!

Um die Toilette herum herrschte ein reger Betrieb, ich traute meinen Augen kaum. Mindestens sechs, sieben Männer umkreisten sie, gingen auf und ab, verschwanden in ihr, kamen wieder raus, wechselten die Straßenseite, schauten dem nach und jenem, schlugen sich paarweise in die Büsche des Bahndamms.

So muß es auf einem homosexuellen Ameisenhügel zugehen, mußte ich denken. Zweimal bin ich auch ganz kurz auf die Klappe gegangen, aber ich fühle mich dort nicht wohl. Mein Terrain ist das nicht! Alle starren mich an und beginnen ostentativ zu onanieren. Ich habe in den letzten Tagen bestimmt fünfzig erigierte Penisse sehen müssen. Eine Typologie des männlichen Geschlechts zu zeichnen fiele mir nicht schwer.

Wenn ich die Toilette verlasse, folgen mir stets ein paar Männer, die mich draußen dann ansprechen.

»Na, Kleener, biste geil?«

»Kommst du mit zu mir?«

»Läßt du dich ficken?«

Nur weil ich ein muskulöses Gesäß habe, denken alle, ich könnte mir nichts Schöneres vorstellen als den Analverkehr. Wer mich dazu verführen will, hat seine Chance verwirkt. Ich lehne diese Art von Sex entschieden ab; sie will mir allzu *dégoûtant* erscheinen. Wunderbar ist übrigens, daß ich der Star der Saalestraße bin! Niemand ist jünger, niemand schöner als ich. Im Umkreis einer öffentlichen Bedürfnisanstalt einmal hofzuhalten habe ich mir nicht in meinen kühnsten Träumen erhofft. Sexuell betrachtet, kann man sagen, ich lebe wie die Made im Speck – oder wie ein Herrscher, der über jeden seiner Untertanen verfügen darf. Wie auf dem Rummel beim Hauptgewinn: Ich habe die freie Auswahl! Um es poetisch auszudrücken: Die Dämme sind gebrochen, ich treibe auf den Schaumkronen der Lustwogen von einer Klappe zur nächsten. Mittlerweile kenne ich deren acht. Seit einigen Tagen bevorzuge ich die *Downtown*-Pissoirs, dort trifft man die jüngeren und hübscheren Menschen. Neukölln ist im großen und ganzen ein Arbeiterbezirk, was auch an den Klappenbesuchern festzustellen ist. Da ich nicht nur blind vor mich hin ficke, sondern auch soziologische Untersuchungen durchführe, kann ich das mit Sicherheit sagen.

Am Wittenbergplatz oder an der Ecke Ku'damm/Joachimsthaler Straße verkehren Schauspielschüler, Studenten aller Fakultäten und Diskjockeys. Dort wird meinem Bedürfnis nach kultivierter Gesellschaft Rechnung getragen; man bleibt sozusagen unter sich. Übrigens stimmt ein Sprichwort überhaupt nicht: Dumm fickt gut. Meine Forschungen belegen, daß Intelligenz keineswegs verhindert, im Bett die ganz heiße Nummer zu sein.

Daß es so einfach, so kinderleicht ist, die sexuelle Sehnsucht zu stillen, vermag ich eigentlich noch immer nicht zu fassen. Von dieser Welt der rasanten Befriedigung hatte ich nicht den blassesten Schimmer. Sie war mir *terra incognita*!

Erstaunlich ist, daß ich sie ohne schlechtes Gewissen, ohne Verschämtheit und Angst erkunde. Frohen Herzens, kribbligen Magens und in der Gewißheit des Sieges flaniere ich elegant von Pissoir zu Pissoir – und wo ich auftauche, lodert die Lust! Erfrischend ist, daß ich mich nicht mehr selber preisen muß: Sooft mir der Sinn danach steht, kann ich in Windeseile die schönsten Komplimente ernten, die man sich wünschen kann. (Du bist aber ein bezaubernder Junge! oder: Mein Gott, bist du ein geiler Bengel!)

Interessant finde ich die Männer, die beim Sex rüde Reden führen, die in der Gossensprache das kommentieren, was man gerade tut. Das ist aufreizend ordinär und für einen ehemaligen »Dichter« wie mich verbal eine Bereicherung. Davon wird meine spätere Schriftstellerei profitieren.

Von »Gib mir die Hand, wir wollen einander verwachsen« zu »Stoß mir deinen Schwanz in die Fresse« ist es nur ein beherzter Schritt. Diesen Schritt habe ich getan, und ich danke Kevin, mich auf den richtigen Weg geschickt zu haben. Jeden Tag betrüge ich meinen Freund und Geliebten. (Wenn auch nur physisch, aber wer mit vierzehn schon ein regelmäßiger »Klappengänger« war, wird dafür schon Verständnis aufbringen.)

Als ich zu Kevin sagte, ich fände das mit den Toiletten abstoßend, meinte er nur, ich würde schon auf den Geschmack kommen. »Wir sprechen uns nach meiner Reise«, sagte Kevin weise lächelnd. Wie klug dieser Junge ist, und wie hat er recht, wenn er sagt: »Wer einmal mit den Klappen angefangen hat, kann nicht mehr aufhören!«

Mein Führer in das neue Reich war ein Realschüler von knapp sechzehn Jahren, der sich dort bestens auskennt. Ich bin wirklich ein Glückspilz, immer geschieht das, was ich im tiefsten Unterbewußtsein am meisten begehre. Daß der Kevin-Traum wahr geworden ist, läßt mich mit großer Zuversicht in die Zukunft blicken. Das Schicksal wird es wohl gut mit mir meinen!

Kevin unterscheidet sich von E. W. wie Tag von Nacht. Ich werde nun, bevor ich für viele Jahre schweigen werde, ein Portrait meines Geliebten schreiben, nicht in der Ausführlichkeit, mit der ich meinen Klassenkameraden E. W. bedachte, sondern kurz und knapp, ohne jedes Spintisieren! Komisch, mit Erik habe ich nichts erlebt, aber ich habe ihn geradezu überhäuft mit Worten; Kevin hat mir alles gegeben, und ich habe mich noch nicht einmal mit einem dürren Vierzeiler erkenntlich gezeigt. Ich werde mich übrigens hüten, ihn zu bedichten! Kevin D. zu meiner Lyrik: »Klingt ein bißchen altmodisch, versteht niemand, ist kitschig, ziemlich durchgedreht, wer soll denn das lesen?«

Das Dumme ist, ich kann diese Kritik nicht einfach mißachten, weil Kevin ein sehr intelligenter, nicht gänzlich unbelesener Mensch ist. In seiner Falken-Gruppe (Kevin D. ist Mitglied der »Sozialistischen Jugend Deutschlands«!!!) wird über Erich Mühsam diskutiert, über Ernst Toller und vor allem Bert Brecht, den unser allseits verehrter Klassenlehrer immer nur schlechtmacht – worauf ich ihn nach den Ferien ansprechen werde.

Man denkt immer, Realschüler seien nicht so intelligent wie Gymnasiasten. Dem ist mitnichten so, und ich schäme mich aufrichtig, diesem Irrglauben verfallen gewesen zu sein. Wer weiß, vielleicht gibt es sogar unter den Hauptschulbesuchern kluge Köpfe, die einfach nur Pech mit ihren blöden Eltern hatten. Grölt der besoffene Vater durch die Hinterhofwohnung: »Latein, Latein? Der soll lieber Geld verdienen!« (Dies nur eine kurze naturalistische Szene aus meiner Feder.)

Kevin D. ist eine Ausnahmeerscheinung: Er ist Sozialist, nennt sich frech und frisch einen Schwulen (mir kommt dieses Wort nicht, noch nicht über die Lippen); er ist Kämpfer gegen das Unrecht auf dieser Welt, schwenkt die Fahne der Solidarität – und er ist ein großes Schachtalent, in seinem Club als Gegner gefürchtet. Seine körperlichen Vorzüge habe ich bereits beschrieben. Ich fasse zusammen: Kevin ist das achte Weltwunder!

Entscheidend für seine Entwicklung ist wohl die Tatsache, ohne Vater aufgewachsen zu sein. Sein Erzeuger ist ein amerikanischer Soldat, der drei Monate nach Kevins Geburt in die Vereinigten Staaten abgehauen ist – unter Zurücklassung eines ungewöhnlichen Vornamens. Geheiratet hat der Ami Kevins Mutter nicht, Kevin ist also ein uneheliches Kind. Von denen weiß man, daß sie, sofern männlichen Geschlechts, schon früh den Mann im Haus ersetzen müssen, was logischerweise zu einer gewissen Frühreife und Lebenstüchtigkeit führt.

Doch nicht nur loben will ich meinen Geliebten; Kevin, muß ich tadelnd anmerken, läßt es an romantischen Gefühlen fehlen, das Schwärmen ist seine Sache nicht. Dies ist aber leicht zu erklären: Wer sich eines erfüllten Geschlechtslebens erfreut, braucht nicht zu phantasieren oder gar zu poetisieren. Wie gesagt: Hier ist das Leben, und da ist die Literatur. Beides unter einen Hut zu bekommen werde ich nach Schule und Studium versuchen!

Kevin ist ein Realist, der, in Kenntnis menschlicher Beziehungen, sich weigert, ewige Liebe zu schwören oder andere unhaltbare Versprechungen zu machen. Die Idee, in der Zeit der Trennung abends um zehn aneinander zu denken, kam natürlich von mir. Kevin wird sich daran nicht halten, sondern auf Amrum alle öffentlichen Bedürfnisanstalten beglücken. Nun gut, der werfe den ersten Stein, der frei ist von Schuld!

Kevin, stelle ich kühl fest, wird nicht der Gefährte meines ganzen Lebens sein, aber er hat fungiert als Geburtshelfer meines neuen Ichs. Ihm verdanke ich die Befreiung und die Befriedigung – und die Möglichkeit, das zu sein, was ich bin, ohne mich hinter Oscar Wilde zu verstecken!

Dafür, mein Kevin, werde ich dich immer lieben!!

Noch immer hängt im Schaufenster der Photohandlung Richter in der Sonnenallee Kevins Paßbild. Das steckt dort, neben anderen, seit vielen Monaten in einem goldenen Rahmen, und langsam verblaßt es. Darunter steht auf einem verstaubten Pappschild: Paßphotos – unsere Spezialität.

Wenn meine Sehnsucht nach dem Blonden aus der Kirchhofstraße sehr groß war, bin ich zur Sonnenallee gelaufen, um mir an der Schaufensterscheibe die Nase plattzudrücken.

Ich kenne noch keine homosexuellen Pornohefte, aber nie werden sie mich so erregen wie dieses briefmarkengroße Photo eines vierzehnjährigen Jungen. Zufällig hatte ich es im letzten Jahr entdeckt, und seitdem habe ich viele Wallfahrten zu ihm gemacht. Wie oft stand ich vor dem Geschäft, und wie entsetzlich war meine Trauer. Nie würde ich diesen lächelnden Mund küssen dürfen, nie diese wilden Locken streicheln ...

Ich war vorhin wieder dort.

Hallo, Blonder, habe ich zu dem Bild gesagt, allerhand passiert in letzter Zeit, stimmt's?

Und dann habe ich gesagt: Liebster, schönster Kevin, ich bringe dir nun ein Ständchen!

Was ich gesungen habe?

»I can't get no satisfaction!«

FIN

Literarische Spaziergänge mit Büchern und Autoren

Das Kundenmagazin der Aufbau Verlagsgruppe
Kostenlos in Ihrer Buchhandlung

Aufbau-Verlag | Rütten & Loening | Aufbau Taschenbuch Verlag | Gustav Kiepenheuer | Der >Audio< Verlag

Oder direkt: Aufbau-Verlag, Postfach 193, 10105 Berlin
e-Mail: vertrieb@aufbau-verlag.de
www.aufbau-verlag.de

Für *glückliche* Ohren
ÜBER 6 MONATE PLATZ 1 DER HÖRBUCH-BESTSELLER-LISTE
FRIEDRICH DER GROSSE
Christian Graf von Krockow
DONNA W. CROSS DIE PÄPSTIN
HÖRSPIEL DER>AUDIO<VERLAG
Mäuseken Wackelohr
Hans Fallada/Peter Brasch
KINDERHÖRSPIEL DER>AUDIO<VERLAG
Ob groß oder klein: Der Audio Verlag macht alle Ohren froh. Mit Stimmen, Themen und Autoren, die begeistern; mit Lesungen und Hörspielen, Features und Tondokumenten zum Genießen und Entdecken.
DER>AUDIO<VERLAG D>A<V
Mehr hören. Mehr erleben.
Infos, Hörproben und Katalog: www.der-audio-verlag.de
Kostenloser Kundenprospekt: PF 193, 10105 Berlin